Tête-à-tête avec un Grec

MICHELLE SMART

Tête-à-tête avec un Grec

Traduction française de
CATHERINE BENAZERAF

AZUR

HARLEQUIN

Collection : Azur

Titre original :
STRANDED WITH HER GREEK HUSBAND

HARPERCOLLINS FRANCE
83-85, boulevard Vincent-Auriol, 75646 PARIS CEDEX 13
Service Lectrices — Tél. : 01 45 82 47 47 - www.harlequin.fr
ISBN 978-2-2804-7672-0 — ISSN 0993-4448

Composé et édité par HarperCollins France.
Imprimé en juillet 2022 par CPI Black Print (Barcelone)
en utilisant 100% d'électricité renouvelable.
Dépôt légal : août 2022.

FSC www.fsc.org
MIXTE
Papier issu de sources responsables
FSC® C159065

Pour limiter l'empreinte environnementale de ses livres, HarperCollins France s'engage à n'utiliser que du papier fabriqué à partir de bois provenant de forêts gérées durablement et de manière responsable.

1.

Le calme des eaux de la mer Égée contrastait singulièrement avec la tempête qui faisait rage dans l'esprit de Keren Burridge, à la barre de son voilier de douze mètres, *Le Sophia*. Depuis qu'elle avait vu apparaître les côtes de l'île d'Agon, son malaise ne faisait que croître.

Keren était une navigatrice suffisamment expérimentée pour se permettre de lâcher le gouvernail le temps de se tartiner de crème solaire. Ce qu'elle fit sans tarder, pour se protéger du soleil déjà haut. Les brûlures dont elle avait souffert aux Bermudes lui laissant un souvenir cuisant, elle prenait soin de stocker à bord une confortable provision d'écran total.

L'expérience aidant, Keren avait développé la capacité d'apprendre vite. Il lui suffisait d'un épisode douloureux pour se prémunir contre d'éventuelles épreuves similaires.

Cependant, il était des souffrances auxquelles on ne pouvait se soustraire. C'était ce qui attendait Keren ce jour-là, sur la petite île.

La brise se fit plus forte, et *Le Sophia* accéléra. Les battements du cœur de Keren s'intensifièrent.

Les principaux bâtiments d'Agon se dessinaient de plus en plus clairement : le palais princier, ainsi que les ruines d'un temple millénaire qu'elle avait visitées lorsque l'île était censée devenir le lieu de sa vie future.

Nichée au creux de la crique vers laquelle Keren dirigeait son bateau, se dressait une imposante villa blanche à l'allure enchanteresse. Le soleil levant la baignait d'une lumière accueillante. Ce n'était qu'un leurre.

La demeure n'abritait que de tristes réminiscences, et Keren aurait été heureuse de ne plus jamais la revoir.

Sur la partie gauche de l'anse rocheuse, une sorte de jetée naturelle s'avançait dans la mer. Un bateau y était amarré, que Keren connaissait bien. Légèrement plus grand que son propre voilier, il n'avait d'autre fonction que de conduire son propriétaire jusqu'au yacht gigantesque qui attendait celui-ci au port principal de l'île.

Une fois qu'elle se fut solidement amarrée, Keren fixa son sac banane autour de sa taille, puis sectionna précautionneusement les tiges des lys roses qu'elle faisait pousser en pots depuis des mois.

Tenant le délicat bouquet, elle sauta pieds nus sur la rive.

L'heure était venue.

La jetée allait se perdre dans le sable blanc d'une plage aussi divine que toutes celles où l'avaient conduite les quinze mois de sa vie de navigatrice à travers le globe. Le pas de Keren se fit de plus en plus lourd au fur et à mesure qu'elle approchait des degrés de galets qui menaient à la villa. Le poids pesant sur sa poitrine s'alourdissait tout autant.

En haut des marches, un portail en métal s'insérait dans la haute muraille conçue pour décourager les potentiels intrus.

Comme Keren s'y attendait, le portail s'effaça automatiquement devant elle. Le moindre de ses mouvements, depuis son entrée dans la crique, avait été suivi par une armée de caméras de surveillance. Les gens qui l'observaient sur des écrans avaient pour consigne de la laisser entrer dans le domaine à n'importe quelle heure, sans s'inquiéter de sa présence. Sur ce point, au moins, Yannis avait tenu parole.

Le parc qui entourait la villa était immense et magnifiquement entretenu. Keren suivit le sentier serpentant autour de la piscine. Mieux valait ne pas s'attarder, songea-t-elle, afin de ne pas se laisser envahir par des souvenirs importuns.

C'était dans une partie retirée de la propriété, à l'abri des caméras de surveillance, qu'avait été planté le pêcher vers lequel elle se dirigeait. L'arbre avait considérablement poussé au cours des deux années écoulées depuis sa plantation, et il était couvert de fruits presque mûrs. Au pied du tronc, une stèle de granit, représentant un ange, portait l'inscription en grec et en anglais : *Sophia Filipidis.* Keren s'agenouilla à côté.

Des fleurs fraîches avaient été déposées dans un vase. Elle y ajouta les lys, avant de murmurer une prière pour l'âme de sa fille. Ensuite, Keren entreprit de raconter ses derniers voyages, décrivant les lieux qu'elle avait visités, évoquant ses rencontres, mentionnant les plats nouveaux qu'elle avait goûtés, les parfums qu'elle avait respirés. Parler de la sorte à Sophia lui venait tout naturellement, quand bien même Keren partageait quotidiennement avec son enfant chacune de ses expériences. Car une partie de son cœur lui était constamment dédiée.

Lorsqu'elle vint à bout de son récit, Keren leva la tête vers le pêcher, choisi avec Yannis pour sa symbolique : dans la culture chinoise, il était considéré comme l'arbre de vie, et ses fruits représentaient l'immortalité.

Sophia n'avait jamais respiré, mais son souvenir continuerait à vivre à travers cet arbre.

— Je savais que tu viendrais aujourd'hui.

Le cœur meurtri de Keren fit un bond dans sa poitrine, et elle ferma les yeux. Cela faisait dix-huit mois qu'elle n'avait pas croisé le chemin de son mari. Depuis leur séparation, ils s'étaient contentés de communiquer par l'entremise de leurs avocats.

Ce n'était pourtant pas la première fois que Keren venait se recueillir sur la sépulture de leur petite fille. Yannis s'était engagé à ce qu'elle puisse le faire en toute tranquillité, aussi souvent qu'elle en éprouverait le besoin. En toute autre occasion, elle lui aurait rappelé leur accord. Mais ce jour marquait un double anniversaire : si Sophia avait survécu à sa naissance, elle aurait eu deux ans.

Prenant une profonde inspiration, Keren se releva et fit face à celui qui était encore légalement son époux.

— Bonjour, Yannis, dit-elle.

Des yeux d'un bleu étonnant se vrillèrent aux siens. De nouveau, elle sentit son cœur cogner contre sa cage thoracique, y prenant toute la place jusqu'à remonter dans sa gorge. Presque à l'étouffer.

Les larges épaules se soulevèrent avant de retomber lourdement. Un geste qui donna à Keren l'impression qu'un coup de poignard lui transperçait la poitrine. Puis Yannis s'avança et vint se placer à ses côtés.

Pendant un moment, ils demeurèrent silencieux. Jusqu'à ce que Keren sente une douce pression sur sa main. Elle noua ses doigts à ceux de Yannis. Pendant un bref instant, leur douleur fut commune. C'était leur premier contact physique depuis l'adieu à leur enfant, en ce même lieu.

Une fois qu'elle eut répondu à la pression des doigts de Yannis, Keren retira très doucement sa main de la sienne, puis noua les bras autour de son buste.

— Comment vas-tu ? murmura-t-elle.

— Bien, et toi ?

— Bien.

De nouveau le silence s'installa entre eux. Dire qu'autrefois c'était à peine si leurs conversations s'interrompaient ! songea Keren. Mais cela faisait si longtemps…

— Il est temps que je retourne au bateau, dit-elle.

— Viens prendre un verre.

Keren serra les doigts autour de ses biceps.

— Je ne crois pas que ce soit une bonne idée.

— Il faut que je te parle.

— Si tu as quelque chose à me dire, passe par nos avocats.

Comme c'était le cas depuis leur séparation.

Yannis enfonça les mains dans les poches de son pantalon, avec un nouveau haussement d'épaules.

— Il y a des choses qui ne peuvent pas transiter par eux,

objecta-t-il. Reste déjeuner avec moi. Nous aurons le temps de parler. Ensuite, je signerai les papiers du divorce.

D'un mouvement brusque, Keren tourna la tête vers lui. Depuis trois longs mois, elle attendait qu'il appose sa signature sur l'accord qui scellerait leur divorce et graverait dans le marbre l'arrangement financier qui en découlerait.

Les choses pouvaient-elles se dérouler aussi simplement ? Juste une conversation, et le point final serait mis à leur relation ?

La gravité de ce jour avait-elle fini par adoucir Yannis, ou bien s'était-il lassé de jouer au chat et à la souris avec elle ?

Au cours des dix-huit mois qui avaient suivi leur séparation, la généreuse magnanimité affichée par Yannis à son égard, dans les premiers temps de leur relation, avait fondu comme neige au soleil.

Ses propositions financières n'avaient cessé de diminuer de mois en mois, dépouillant Keren de tout ce à quoi Yannis avait voulu qu'elle ait droit par contrat de mariage. Cependant, elle se moquait bien d'apprendre qu'il réduisait encore la pension censée lui revenir. En dépit des objurgations de son avocat, elle n'avait jamais lutté pour obtenir davantage que ce que Yannis proposait.

Après tout, leur mariage n'avait pas duré plus de quatorze mois. La seule chose à laquelle Keren tenait, c'était à avoir le droit de venir sur la tombe de sa fille aussi souvent qu'elle le désirait.

— Je suis d'accord pour discuter, finit-elle par lâcher. Mais pas aujourd'hui.

Elle glissa un regard vers la stèle. Cette journée n'appartenait qu'au souvenir de Sophia. Keren refusait l'idée même de prendre le risque d'une dispute alors qu'elle avait besoin de vivre sereinement son recueillement.

Peut-être Yannis était-il dans un état d'esprit semblable, car il n'opposa aucune contestation. Inclinant la tête, il conclut :

— Passe la nuit dans la crique, et rejoins-moi pour le petit déjeuner, demain matin, près de la piscine.

— D'accord.

— Est-ce que tu as des provisions ? Faut-il que je te fasse apporter à dîner sur le bateau ?

— J'ai ce qu'il faut. Mais je te remercie.

Après tout, Yannis semblait s'être amadoué, songea Keren. Pouvait-elle imaginer que la conversation qu'il réclamait, n'avait d'autre objet que de fumer le calumet de la paix ? Allait-il lui présenter des excuses ?

Avec une moue désabusée, elle se rappela que Yannis ne s'était certainement jamais excusé de quoi que ce soit au cours de sa vie.

Acquiesçant d'un signe de tête, il ajouta :

— À demain matin, donc.

Ce fut seulement lorsqu'il eut disparu que Keren reprit le chemin du bateau.

Debout à la poupe du voilier, Keren essorait les vêtements qu'elle sortait de son lave-linge de fortune, lorsqu'une silhouette attira son attention vers la plage.

Enfin, songea-t-elle, ce ne pouvait être Yannis qui venait lui rendre visite. N'avaient-ils pas décidé, d'un commun accord, de ne se revoir que le lendemain matin ?

Cependant l'expérience lui avait appris que les intentions de Yannis Filipidis ne duraient parfois pas davantage qu'un déjeuner de soleil…

Le voyant entrer dans l'eau, Keren se contraignit à reprendre sa tâche comme si de rien n'était. Néanmoins, elle ne pouvait se départir du sentiment d'être un peu trop dénudée. À son retour sur le bateau, elle avait ôté sa petite robe d'été pour un bikini jaune vif. Le paréo bleu dont elle avait entouré sa taille couvrait à peine son postérieur.

Avec détermination, elle résolut de ne rien changer à sa tenue. N'avait-elle pas trop souvent cédé lorsque Yannis la regardait d'un air dubitatif assorti de son éternel « ce n'est pas très approprié pour l'endroit où nous allons, *glyko mou* » ?

— Que fais-tu ?

Comme si elle avait pu ignorer qu'il se rapprochait à la nage, Keren ne put se retenir de sursauter.

— Ma lessive, répondit-elle sèchement.

— Tu as un lave-linge à bord ?

Sans un mot, Keren montra le tonneau reconverti en appareil ménager de fortune.

— C'est ça ? s'étonna Yannis.

— Oui. Quand je navigue, le mouvement des cailloux placés à l'intérieur suffit à lessiver les vêtements que j'y mets avec de l'eau douce et du savon en paillettes.

Keren s'interrompit. Inutile de montrer, songea-t-elle, que cette deuxième rencontre de la journée la mettait dans un état de nerfs qui lui déliait fébrilement la langue.

Tout en nageant sur place, Yannis la regarda d'un air perplexe que Keren ne lui connaissait que trop bien. Il affichait cette mine chaque fois qu'elle faisait quelque chose qu'il réprouvait ou ne comprenait pas.

— Puis-je monter à bord ? demanda-t-il.

Prenant une profonde inspiration pour tenter de maîtriser sa nervosité, Keren rétorqua :

— Nous étions d'accord pour parler seulement demain matin, non ?

— Je sais, mais j'étais curieux de voir comment tu vis sur le bateau. Je ne resterai pas longtemps.

À quoi bon résister à l'obstination de ce rouleau compresseur qu'était Yannis Filipidis ? se dit Keren. Elle pourrait toujours le pousser à l'eau s'il s'incrustait. Avec une petite moue pincée, elle lui lança un cordage.

Yannis se hissa par-dessus le bastingage avec une aisance nonchalante. Debout sur le pont, il laissa l'eau de mer ruisseler sur lui, formant de petites rigoles depuis la toison brune parsemée sur son athlétique torse cuivré. Les gouttelettes serpentèrent le long de son abdomen d'airain, jusqu'à la ceinture de son short de bain noir.

Attrapant un T-shirt qu'elle essora par-dessus bord, Keren s'efforça de chasser de son esprit l'image de Yannis pratiquement nu. Qu'il soit doté d'un corps splendide n'avait rien de nouveau pour elle. N'avait-elle pas partagé son lit depuis l'instant de leur rencontre et jusqu'à son départ ?

En dépit de tous ses efforts, elle ne put empêcher une pulsation torride de venir contracter son pubis. Instinctivement, elle se cramponna au garde-corps.

— Tu as besoin d'aide ?

La chaude voix de basse avait résonné à son oreille. Bien trop près.

Faisant un pas de côté, Keren répliqua :

— Non, ça va. Je te remercie.

D'un mouvement de menton, elle indiqua l'écoutille ouverte.

— Va donc explorer les lieux, si tu y tiens, ajouta-t-elle.

Explore et va-t'en !

— Je ferais mieux de me sécher d'abord, non ?

— C'est un bateau. L'humidité n'est pas un problème. Contente-toi de ne t'asseoir nulle part.

Avec un haussement d'épaules, Yannis disparut à l'intérieur de la cabine.

Keren sentit sa poitrine se desserrer. Après avoir pris le temps de respirer pour reprendre son calme, elle entreprit d'étendre ses vêtements sur la corde à linge qu'elle avait bricolée.

La tête de Yannis surgit de la trappe.

— Mais dis donc, s'exclama-t-il, tu as un four et un réfrigérateur !

— Ah bon ? Je n'avais pas remarqué, railla Keren.

La gratifiant d'un sourire appuyé, Yannis replongea à l'intérieur.

Parmi les choses que Keren mettait à sécher, il y avait de la lingerie. Elle se morigéna intérieurement en constatant que l'idée de l'exposer aux regards de Yannis faisait courir des picotements sur son épiderme et lui nouait l'estomac. De quoi diable avait-elle honte ?

Mais les frissons qui montaient du cœur de sa féminité lui rappelaient toutes les fois où Yannis lui avait arraché ses dessous – parfois même avec les dents –, et elle ne doutait pas qu'il juge peu seyants ceux qu'elle choisissait désormais.

Ce fut cette certitude qui la convainquit de les suspendre plutôt que les cacher. Qui se souciait de l'opinion de cet homme ? Pas elle, en tout cas. Plus aujourd'hui.

Une fois qu'elle en eut terminé, Keren s'étonna que son visiteur ne soit pas encore ressorti. Pourquoi prenait-il autant de temps pour découvrir son modeste lieu de vie ?

— Tu as bientôt fini ? cria-t-elle par la trappe.

Il était hors de question qu'elle descende rejoindre Yannis dans cet espace exigu dont il devait absorber tout l'oxygène.

— Je suis en train de nous préparer du café, répondit-il sur le même ton.

Serrant les dents, Keren s'exhorta à observer la promesse qu'elle s'était faite : elle ne se mettrait pas en colère un jour pareil !

— Tu avais dit que tu ne resterais pas longtemps, répliqua-t-elle.

Cette observation ne sembla pas troubler Yannis. Comme s'il n'avait pas entendu, il se contenta de lancer :

— As-tu du sucre, quelque part ? Je n'en trouve pas.

— Je t'ai autorisé à jeter un coup d'œil, pas à perquisitionner ! Le sucre se trouve dans le placard à côté du réfrigérateur. Et…, est-ce que tu sais au moins faire du café ?

Yannis était le rejeton d'une famille dont l'histoire remontait aux origines de la principauté d'Agon. La dynastie Filipidis était l'équivalent de la classe nobiliaire de l'île, et ses membres entretenaient des relations d'amitié avec la famille princière. Yannis avait fréquenté le même pensionnat britannique que le prince régnant et les deux jeunes frères de celui-ci. Élevé dans une opulence extravagante, le cadet des Filipidis avait atteint l'âge de trente-quatre ans sans jamais avoir eu besoin d'effectuer quelque tâche ménagère que ce soit.

— Cela ne doit pas être si difficile, répliqua-t-il.

Keren se résolut à ne pas davantage serrer les dents, de crainte de finir par les fissurer. Au lieu de quoi, elle s'occupa à déplier le petit auvent qui protégeait la table du carré extérieur, puis elle prit place sur l'un des bancs.

Avec horreur, elle constata que ses jambes tremblaient. Immobilisant ses cuisses à deux mains, Keren s'efforça d'apaiser ses nerfs tendus à craquer.

L'impact de l'apparition inattendue de Yannis sur la tombe de leur enfant avait été atténué par la certitude qu'il devait souffrir autant qu'elle-même en ce jour anniversaire. Mais rien ne pouvait aider Keren à supporter son irruption sur le bateau. Elle avait cru disposer d'une journée entière pour se faire à l'idée qu'ils se retrouveraient face à face, le lendemain. Or, il l'avait prise au dépourvu, et sa présence lui donnait envie de se rouler en boule pour oublier tout ce qui l'entourait.

Pourquoi fallait-il qu'elle se mette dans pareil état, alors qu'elle aurait dû demeurer totalement indifférente à la proximité de cet homme ?

Avec détermination, Keren tâcha de se convaincre que sa réaction n'était due qu'à la surprise. Après dix-huit mois loin de Yannis, n'était-il pas inévitable que le revoir produise sur elle l'effet d'un électrochoc ?

Lorsqu'il surgit à nouveau de l'écoutille, elle sentit tout son être se contracter.

Se baissant pour faire passer sa haute silhouette sous la corde à linge, il vint la rejoindre à la table et posa devant elle un mug de café. Puis, il hocha la tête d'un air déconcerté.

— Comment parviens-tu à vivre dans un environnement aussi étriqué ? s'enquit-il.

— Cela me suffit amplement.

N'osant regarder Yannis en face, terrifiée par le vortex d'émotions douloureuses et disparates qui se créait au creux de son estomac, Keren se détourna légèrement, laissant son regard errer sur le calme des flots azuréens.

— L'annexe de mon yacht est plus spacieuse que ton voilier, ajouta Yannis.

Il faisait référence au bateau amarré près du *Sophia*. L'annexe dont disposait Keren, pour sa part, n'était qu'un simple kayak qui lui permettait de gagner une plage à la rame lorsqu'elle ancrait au large.

Elle sentit sa jambe droite se remettre à trembler et croisa les chevilles pour l'immobiliser.

— Je préfère le fond à la forme, objecta-t-elle.

— S'agirait-il d'une pique ?

— Tout juste. Aussi, mieux vaut-il que tu avales ton café et que tu partes. Je n'ai pas l'intention de me disputer avec toi. Pas aujourd'hui.

Au moins, se réjouit Keren *in petto*, elle avait dit cela d'une voix ferme et posée. C'était un brin de consolation.

— Moi non plus, je n'en ai pas l'intention, *glyko mou.*

— Alors, fais-moi le plaisir de boire ton café sans autre commentaire.

S'adossant à la banquette, Yannis ingurgita une gorgée du breuvage qu'il avait préparé, puis grimaça.

— *Theos*, c'est abominable ! s'exclama-t-il. Comment peut-on boire une purge pareille ?

Keren trouvait la mixture un peu plus forte que ce dont elle avait l'habitude, mais tout à fait buvable. Un peu par provocation, elle en absorba l'essentiel avant de déclarer :

— C'est pour cela que tu ferais mieux de regagner tes pénates. Ton personnel dévoué se fera un plaisir de te préparer quelque chose qui répondra à tes goûts.

— C'est ce que je vais faire ! Mais j'ai constaté que tu es presque à court de provisions. Que vas-tu manger ce soir ?

— Je m'étonne que tu n'aies pas découvert mes compartiments de rangement, avec tout le temps que tu as passé en bas. Ils sont correctement approvisionnés. Donc, tu n'as pas à t'inquiéter pour moi. Maintenant, plus rien ne te retient ici.

— Tu veux vraiment que je parte ?

— Oui. Immédiatement. Et ne reviens pas me déranger, sinon je lève l'ancre.

— Tu manquerais notre conversation ? Je te rappelle que, dans ce cas, je ne signerais pas l'acte de divorce. Il me semblait que tu mourrais d'impatience que cela se fasse enfin.

Sans trop savoir comment, Keren parvint à maîtriser sa voix.

— C'est vrai que j'ai hâte. Mais, si tu t'obstines, je finirai malgré tout par obtenir d'être légalement séparée de toi selon les lois de la principauté.

— Dans dix ans !

— Huit ans et demi. Cela fait déjà dix-huit mois que nous ne vivons plus sous le même toit.

La loi maritale de l'île d'Agon – où ils avaient contracté le mariage – stipulait qu'une union pouvait être dissoute après dix années de séparation si l'un des conjoints le souhaitait. Certes, l'idée d'attendre aussi longtemps était pratiquement intolérable à Keren. Elle priait pour que Yannis ne la soumette pas à pareil supplice.

Se mettant debout, elle appuya une paume sur la table pour pallier la faiblesse de ses jambes.

— Je t'en prie, Yannis, souffla-t-elle, laisse-moi. Ce n'est pas un jour où donner libre cours à nos rancœurs. Nous avons besoin de nous recueillir chacun de son côté.

Ensemble, ils n'y étaient jamais parvenus.

Les traits de Yannis se figèrent. Sa bouche sensuelle se crispa. Le beau regard bleu soutint celui de Keren.

Elle se prépara à quelque parole blessante, mais rien ne vint. Yannis se contenta de baisser la tête, puis il se leva.

— À demain, alors, fit-il avant de plonger par-dessus bord.

2.

Le pépiement des oiseaux tira Keren du sommeil. Avant même d'ouvrir les yeux, elle sentit son estomac se contracter.

Yannis n'avait pas eu besoin de refaire irruption sur le bateau pour que la paix qu'y trouvait Keren soit irrémédiablement troublée.

Au cours des dix-huit mois loin de lui, elle avait réussi à pratiquement le chasser de son esprit. Il avait suffi d'une rencontre pour qu'il abatte les murailles dont Keren s'était entourée. Désormais, il envahissait toutes ses pensées.

Lorsqu'ils avaient échangé leurs vœux, Keren était persuadée que c'était pour la vie. Au moment où elle l'avait quitté, elle le haïssait aussi farouchement qu'elle l'avait aimé. Et Yannis lui vouait une haine équivalente.

« Fiche le camp, espèce de sale égoïste ! »

C'était ce qu'il lui avait crié en jetant les valises dans le coffre du taxi qui emporterait Keren loin de lui. Une phrase qui la hantait depuis. Et ce, d'autant plus qu'elle ne s'attendait pas à ce qu'il réagisse avec pareille colère à son départ.

Il avait ponctué cette violente semonce d'un coup de poing dans le mur de la villa, faisant sourdre le sang à la jointure de ses doigts.

Keren en avait conclu que ce qu'il ne supportait pas c'était qu'elle prenne l'initiative de la rupture. Car elle savait que Yannis en formait le projet de son côté.

En effet, constatant que son mari entretenait des relations de plus en plus étroites avec son assistante, la belle Marla,

Keren était allée fouiller dans l'ordinateur portable de ce dernier – chose aisée, dans la mesure où il utilisait toujours le même mot de passe : Jane, son deuxième prénom, associé à sa date de naissance.

L'historique des recherches récentes de Yannis était révélateur : il s'était renseigné sur les différentes procédures de divorce !

Lorsque, quelques jours plus tard, c'était au bras de Marla que Yannis s'était rendu à une réception au palais, cette goutte d'eau avait fait déborder le vase pour Keren.

La photo de Yannis et Marla avait fait la une de tous les journaux locaux. Il avait eu beau soutenir qu'il ne s'était rien passé entre eux – rejetant même la responsabilité de l'épisode sur les épaules de Keren, au prétexte qu'elle aurait dû se proposer pour l'accompagner –, l'humiliation avait été trop lourde à porter.

Peut-être n'y avait-il encore rien entre son époux et Marla, avait pensé Keren. Néanmoins, elle ne doutait pas qu'il soit tenté. De toute façon, il n'éprouvait plus aucun désir pour elle.

Au cours des six mois qui s'étaient écoulés entre le moment où Keren avait donné naissance à leur fillette mort-née et celui où elle avait quitté Agon, Yannis ne l'avait jamais touchée.

Curieusement, cette absence de désir allait de pair avec une obsession croissante de toujours savoir où elle se trouvait. Il s'était mis à accepter de plus en plus difficilement qu'elle travaille. En bref, il ne tolérait plus aucune des activités auxquelles elle se livrait loin de lui.

Au fond, Keren avait la certitude que son initiative leur avait rendu leur liberté à tous deux. Elle avait ouvert la porte de la cage dorée dans laquelle Yannis l'enfermait, le libérant de ses vœux de fidélité par la même occasion. En le quittant, elle lui avait permis de poursuivre Marla de ses assiduités, ou toute autre femme après laquelle il avait envie de courir.

Combien de liaisons avait-il entretenues depuis leur rupture ? Keren n'en avait pas la moindre idée. Elle n'était pas le genre de femme à traquer son ex sur Internet. Elle ne s'y connectait que deux fois par semaine pour mettre son blog à jour et répondre aux questions posées par ses lecteurs. Elle en profitait pour communiquer avec ses parents et sa sœur. C'était tout ce à quoi se limitait sa présence en ligne.

Elle s'efforçait toujours de mettre de la vie et de la couleur dans les messages qu'elle adressait à sa famille, les accompagnant de photos pittoresques.

Peut-être qu'ainsi, espérait-elle, ils finiraient par comprendre son goût pour l'aventure ?

Du plus loin que Keren se souvienne, aucun des membres de son entourage n'avait jamais partagé son amour des voyages. Tous lui répondaient en égrenant les détails de vies bien rangées, dans lesquelles rien n'avait changé depuis qu'elle avait quitté l'Angleterre pour explorer le vaste monde, à l'aube de son dix-huitième anniversaire.

Pendant ce temps, sa sœur avait été promue trois fois, s'était mariée et avait acheté une maison dans la ville où résidaient leurs parents.

Tout ce petit monde était casanier et craintif face au monde extérieur, comme les canaris que ses parents gardaient en cage. À huit ou neuf ans, Keren en était venue à la conclusion que les pauvres petites bêtes enfermées devaient haïr leur sort. Aussi avait-elle ouvert la porte de leur prison – dorée, certes – ainsi que la fenêtre du salon. Quelle n'avait pas été sa surprise, et sa déception, lorsqu'ils s'étaient contentés de se percher sur le rebord de ladite fenêtre, sans chercher à s'aventurer plus loin !

Keren avait toujours eu le sentiment d'être le coucou déposé par hasard dans le nid de la famille Burridge. Alors que ses proches étaient parfaitement satisfaits de leur sort dans leur environnement étriqué, elle était le vilain petit canard qui se tordait le cou pour regarder à travers les barreaux et déprimait de ne pouvoir échapper à la captivité.

Les derniers temps de son mariage avec Yannis lui avaient fait revivre le même sentiment d'être en prison.

À vrai dire, tous deux n'étaient-ils pas pris au piège ?

S'arrachant à ses réflexions, Keren vérifia son apparence dans le petit miroir accroché au-dessus du lavabo, dans le minuscule cabinet de toilette aveugle du bateau. C'était une pratique dont elle avait perdu l'habitude. Pourtant, après s'être douchée puis avoir enfilé un short en jean et un corsage en mousseline rouge vif, elle observait son visage plus attentivement qu'elle ne l'avait fait depuis bien longtemps.

Yannis avait coutume de s'extasier sur sa beauté, ce qui l'avait toujours laissée perplexe. Keren trouvait sa mâchoire un peu trop carrée et son nez trop petit pour lui valoir d'autre qualificatif que « agréable à regarder ».

Néanmoins, elle aimait ses yeux à la chaude couleur noisette, en accord avec sa chevelure – pour l'occasion, nouée en un chignon souple sur sa nuque. Quant à sa bouche, elle la jugeait quelconque, ni généreuse ni trop fine, ni large ni étroite.

À l'inverse de la sienne, celle de Yannis était très belle, généreuse et charnue. Tout dans la physionomie de Yannis était remarquable : ses yeux bleus, ses hautes pommettes, le curieux dessin de ses sourcils noirs, les boucles d'un châtain foncé qui retombaient sur ses yeux ou se dressaient sur sa tête à cause de sa manie de les repousser avec les doigts.

Sans oublier son cou puissant et sa haute silhouette élancée.

Yannis était l'un de ces hommes très rares dont la beauté exaltait la virilité plutôt que l'affadir. Une beauté qui avait ensorcelé Keren.

Or, les sortilèges ne finissaient-ils pas par se briser irrémédiablement ?

Aujourd'hui, elle allait se retrouver face à cet homme pour la dernière fois de sa vie.

Inspirant puis expirant lentement à trois reprises, Keren se hissa sur la jetée.

S'approchant de la pergola couverte de plantes grimpantes, Keren constata que Yannis y était déjà installé, à l'abri du soleil déjà chaud de bon matin.

Les effluves délicats de la flore luxuriante vinrent titiller ses narines. C'était un parfum qu'elle adorait.

Yannis se leva en la voyant. Il portait un short ample, en toile beige, et un polo noir ajusté.

Le cœur de Keren fit un bond dans sa poitrine. De la main, Yannis lui indiqua un siège.

Elle s'installa aussi loin de lui que possible. Au début de leur relation, elle avait coutume de s'asseoir tout près de lui. Au fur et à mesure que leurs liens s'étaient distendus, l'espace entre leurs sièges s'était accru.

Sur la table étaient disposées des cruches de jus de fruits et un *briki* de café – ce genre de petite casserole de cuivre à long manche, indispensable pour préparer un café grec.

— Que veux-tu manger ? demanda poliment Yannis.

— La même chose que toi.

Sur la nourriture, au moins, ils s'accordaient parfaitement. Leurs goûts étaient étonnamment similaires.

Yannis fit un signe à un membre du personnel qu'elle ne reconnut pas et donna des ordres en grec. L'homme se hâta vers les cuisines.

Après avoir pris une tasse, Yannis y versa du café contenu dans le *briki*, puis la lui tendit. Keren attendit qu'il la pose devant elle pour s'en emparer – elle ne voulait pas courir le risque que leurs doigts se frôlent.

Lorsqu'elle avait découvert ce genre de breuvage, c'était par un matin en tout point identique à celui-ci. Hormis qu'il faisait suite à leur première nuit ensemble. Keren n'avait pas oublié la béatitude mêlée de timidité qu'elle avait ressentie dans la douceur du soleil matinal. Yannis était son premier amant, et elle ne pouvait s'empêcher d'être embarrassée de se retrouver avec lui à la table du petit déjeuner – au point d'en être frappée de mutisme. Mais cette nuit avait été absolument magique, et elle nageait dans l'euphorie.

N'osant pas réclamer le sucre et le lait qu'elle ajoutait habituellement dans son café, elle avait plongé les lèvres dans la tasse pour se rendre compte que la boisson était déjà sucrée, et sa perfection avait instantanément provoqué en elle une addiction dont elle ne s'était pas départie depuis.

Mais se souvenir des temps heureux était bien trop douloureux. Aussi, Keren préféra-t-elle revenir à ce pour quoi elle était là.

— De quoi voulais-tu me parler ?

— Déjeunons, d'abord. Et raconte-moi ce que tu es devenue au cours de ces dix-huit mois.

— J'ai savouré ma vie sur le bateau.

— C'est tout ? Est-ce que tu as visité beaucoup d'endroits ?

— Pas mal.

— Tu n'es pas très loquace.

— J'ai accepté cette rencontre pour discuter de choses que tu ne sembles pas vouloir aborder par l'entremise de nos avocats. À aucun moment il n'a été question d'échanger des banalités. Tu ferais mieux d'en venir au fait. Parce qu'une fois que nous aurons fini de déjeuner je compte bien retourner sur mon bateau et quitter cette île.

— Tu es tellement pressée de repartir ? Dois-je comprendre que ma présence t'est vraiment si difficile à supporter ?

— Exactement.

— Eh bien, au moins, c'est la preuve que je ne te laisse pas indifférente !

Si Yannis avait pu imaginer à quel point elle était sensible à sa présence, il se serait gonflé d'orgueil. Elle ne lui donnerait pas cette satisfaction.

Dans moins d'une heure, elle serait loin. Tout ce qu'elle avait à faire, c'était à prendre sur elle jusque-là.

— Je constate que ton ego est toujours aussi boursouflé ! fit-elle.

— Dis plutôt que je suis le même homme que celui dont tu étais tombée amoureuse.

Le cœur de Keren se serra douloureusement, mais elle pointa un menton décidé vers Yannis, avant de rétorquer :

— Le même que celui que j'ai cessé d'aimer.

Elle le vit pincer les lèvres, presque imperceptiblement, puis il tourna la tête en direction du domestique qui revenait.

L'estomac de Keren gronda lorsque l'omelette individuelle fut déposée devant elle. Avant même d'y planter fourchette et couteau, elle savait que c'était celle qu'elle préférait – fourrée aux olives et au fromage. Le péché mignon de Yannis, aussi.

Combien de femmes avait-il invitées à déjeuner sous la pergola depuis qu'elle l'avait quitté ?

Cette pensée fit monter la nausée en Keren, oblitérant la faim qui la tenaillait. Malgré tout, elle se résolut à prendre une bouchée. Pour rien au monde, elle ne laisserait Yannis supposer qu'il la privait de son bel appétit !

— Comment vont tes parents ? s'enquit-elle.

Keren ne doutait pas que Nina et Aristidis Filipidis aient dansé de joie en la voyant disparaître à l'horizon. Ils avaient fait preuve, à son égard, de ce genre d'amabilité qui leur était toute personnelle, mais elle savait qu'ils n'avaient jamais approuvé qu'elle épouse leur fils. Une jeune anglaise, des plus banales, issue d'une famille tout à fait ordinaire, qui plus est dotée d'un tempérament affirmé, n'était pas le genre de belle-fille qu'ils espéraient.

— Ils vont bien, répondit Yannis. Ils sont à Athènes pour animer une manifestation de collecte de fonds, demain soir, destinée à la création d'un hôpital pour enfants.

Après avoir transmis l'affaire familiale à leurs deux fils, dix ans auparavant, les parents Filipidis s'étaient tournés vers les œuvres de bienfaisance. Keren se devait d'admettre qu'ils étaient particulièrement efficaces en la matière. Cependant, même leur penchant pour la philanthropie la mettait mal à l'aise. Le fossé culturel entre elle-même et les Filipidis était aussi large que leur écart de fortune et d'éducation. Keren ne se sentait pas davantage à sa place dans cette famille que dans la sienne propre.

— Je suppose que tu vas les y rejoindre, avança-t-elle.

— Ce n'est pas mon intention.

Keren leva vers Yannis un regard interloqué. Habituellement, tous les membres de la famille se rassemblaient pour ce genre d'événements – grands-parents et cousins compris. Sans parler des deux rejetons du couple !

Yannis eut un haussement d'épaules négligent.

— Ils peuvent se passer de moi, pour une fois. J'ai d'autres projets.

Le cœur de Keren fit un petit soubresaut. Elle prit un peu de l'omelette mousseuse pour tâcher de faire passer l'amertume inattendue que cette remarque lui avait mise à la bouche. Les projets de Yannis incluaient certainement une femme. Quelqu'un à qui il tenait suffisamment pour négliger ses parents.

Était-ce de cela qu'il voulait l'entretenir ? S'il était disposé à signer les papiers pour le divorce, envisageait-il de se remarier ? Cela n'aurait rien d'étonnant, après tout. Yannis était déterminé à avoir des héritiers auxquels transmettre l'affaire familiale.

Cinq mois après qu'ils eurent perdu Sophia, il était venu s'asseoir sur le bord de leur lit et, tournant le dos à Keren, il lui avait demandé si elle serait bientôt prête à tenter une nouvelle grossesse. Par crainte de lui envoyer quelque chose à la tête, elle s'était levée et avait quitté la pièce. Comment se permettait-il ce genre de question quand il passait toutes les nuits tourné vers son côté du lit ? Elle se souvenait encore de la rage et du chagrin qui l'avaient submergée à cet instant.

Si Yannis se préparait effectivement à lui faire part de son remariage à venir, pourquoi tenait-il tant à cet entretien ? Était-ce pour avoir la satisfaction de contempler son expression lorsqu'elle apprendrait qu'il l'avait définitivement remplacée ? Ou bien avait-il retrouvé une parcelle d'humanité et préférait-il qu'elle n'apprenne pas la nouvelle par la presse ? À en juger par la manière dont il s'était comporté à son endroit depuis leur rupture, Keren penchait pour la première option.

En ce cas, elle se promettait bien de ne pas se montrer le moins du monde affectée. D'ailleurs, pourquoi le serait-elle ? N'avait-elle pas quitté Yannis de son propre chef ? Depuis, elle avait tracé sa route. Pendant les premiers trois mois, elle avait appris à naviguer. Puis, Keren s'était lancée seule sur les vastes mers, pour l'aventure d'une vie. Et elle y réussissait parfaitement.

À n'en pas douter, c'était ce que Yannis supportait le moins. Il s'était attendu à la voir revenir vers lui en rampant. N'était-ce pas ce qu'il lui avait crié à l'instant où le taxi avait démarré ?

« Tu reviendras ! »

Comment le grand Yannis Filipidis aurait-il accepté l'humiliation d'être quitté par sa femme ?

Lui qui pouvait s'enorgueillir d'une vie dorée sur tranche, qui avait été le célibataire le plus convoité du monde méditerranéen avant l'apparition de cette anglaise inconnue de tous.

Laquelle aurait dû lui vouer une reconnaissance éternelle parce qu'il lui avait fait la grâce de la hisser au rang de l'éminente famille Filipidis.

Son ego avait dû en prendre un sacré coup ! Ce qui expliquait certainement la hargne vindicative que Yannis avait montrée pour mettre au point les détails du divorce.

— Et comment va la tienne, de famille ? demanda-t-il avec une politesse identique à celle de Keren.

Son intérêt ne pouvait être que de pure forme, car Yannis n'avait rencontré les parents et la sœur de Keren qu'une seule fois, à l'occasion du mariage.

Cette unique incursion hors des frontières du Royaume-Uni avait terrifié la famille Burridge, au lieu de les ouvrir au charme de l'aventure. Au grand dam de Keren !

Encore une fois, elle n'avait pu que constater à quel point ils appréciaient leur petite routine.

— Ils sont en pleine forme, répondit-elle.

Ce qui était l'absolue vérité : leur train-train les rendait parfaitement heureux.

— J'en suis ravi !

Tout en se forçant à manger, Keren prenait conscience que l'atmosphère était en train de s'alourdir peu à peu entre elle et Yannis. C'était comme s'ils étaient progressivement enveloppés dans une invisible nuée de colère sous-jacente et de ressentiment. De souffrance, aussi. La souffrance que laissent dans leur sillage un amour transmué en haine et des rêves réduits en poussière.

— Pourquoi as-tu changé de nom ? s'enquit brusquement Yannis.

Il avait posé cette question d'un ton presque âpre, complètement différent de la nonchalance insouciante qu'il affectait depuis le début de leur entretien, à tel point que Keren leva instinctivement le regard vers lui.

— Que veux-tu dire ? interrogea-t-elle.

— Je parle de ton blog.

La gorge de Keren se serra tant qu'elle eut du mal à avaler son morceau d'omelette.

C'était grâce à ce blog que Yannis et elle avaient fait connaissance. Dans le sac à dos de Keren qui quittait l'Angleterre, il y avait l'ordinateur portable offert par ses parents en guise de cadeau de départ.

Dès qu'elle s'était posée en Thaïlande, l'appareil dernier cri lui avait servi à créer un journal de voyage sur lequel, deux fois par semaine, elle faisait le récit enjoué de ses aventures, agrémenté de courtes vidéos et de descriptions pittoresques. Très vite, ses articles avaient généré un nombre suffisant de visites pour qu'elle en tire un revenu. Puis, des services de relations publiques avaient commencé à la bombarder d'invitations à des événements aux quatre coins de la planète.

Yannis lui en avait voulu de poursuivre cette activité après leur mariage. Surtout lorsque cela conduisait Keren à prendre des engagements qui l'empêchaient de l'accompagner à des manifestations officielles.

— Je pensais que toi et ta famille seriez soulagés que l'illustre patronyme des Filipidis ne soit pas associé aux divagations d'une médiocre aventurière.

— Trêve de balivernes, Keren ! Reconnais que reprendre ton nom était une provocation à mon égard.

Cette fois, le ton de Yannis lui coupa l'appétit tout net. Aussi, repoussa-t-elle son assiette, se versant une nouvelle tasse de café. Avec horreur, elle constata que sa main tremblait, reflétant clairement le tumulte qui faisait rage en elle. Ses dents étaient tellement serrées qu'elle eut toutes les peines du monde à formuler une réponse.

— J'aurais continué à signer mes articles de mon nom de naissance après notre mariage si tu ne t'y étais pas opposé. Le fait que je le reprenne était une façon de me réapproprier *mon* identité.

Le visage de Yannis se contracta de telle manière que l'on n'aurait pas été surpris de le voir montrer les dents comme un animal.

— À t'entendre, lança-t-il, l'on pourrait croire que je t'en avais dépouillée.

— Tu m'as dépouillée de tout ce que j'étais, oui ! Dès l'instant où tu m'as passé la bague au doigt, tu n'as eu d'autre objectif que de me transformer du tout au tout.

— C'est faux !

— C'est l'exacte vérité au contraire ! Tu désapprouvais tout ce…

S'interrompant, Keren se leva impulsivement en repoussant sa chaise avec tant de force qu'elle la fit basculer.

— Oublie ce que j'ai dit, enchaîna-t-elle. Je refuse de me laisser entraîner dans ce genre de discussion. Dis ce que tu as à me dire, ou sinon je m'en vais.

Fermant les yeux, Yannis respira profondément à plusieurs reprises. Lorsqu'il les rouvrit, le regard d'acier qu'il posa sur Keren n'avait plus rien d'insouciant.

— Je veux que nous nous donnions une nouvelle chance, lâcha-t-il.

3.

Bouche bée, Keren fixa Yannis sans mot dire, tandis qu'une tempête d'émotions se déchaînait en elle. Du plus profond de son être, elle sentait grossir et monter un ouragan qui finit par se déverser dans un flot de colère douloureuse.

— Espèce de sale type, rancunier et cruel ! Tu t'es donné tout ce mal simplement pour te jouer de moi et m'attirer dans tes manigances malsaines, c'est ça ?

Pourquoi, diable, ne s'était-elle pas montrée plus circonspecte ? Elle aurait dû se douter qu'il ne cherchait qu'à la torturer un peu plus longtemps. Yannis se comportait comme un chat qui joue avec une souris, la faisant aller entre ses griffes sans lui donner le coup fatal qui abrégerait ses souffrances.

— Je ne joue à aucun jeu, *glyko mou*, objecta Yannis d'une voix posée. Je veux que tu reviennes.

— Oh… arrête ! Tu me crois vraiment assez stupide pour tomber dans ce piège ? Ou bien ton arrogance est telle que tu imagines que je pourrais encore vouloir de toi ?

Le regard d'un bleu intense se vrilla au sien, et Yannis se mit debout.

— Ce n'est pas de l'arrogance, *glyko mou*. Juste de l'espoir.

— Ne me raconte pas d'histoires ! Je sais comment fonctionne ton cerveau malade. Tu t'es figuré que j'ai passé dix-huit mois à me morfondre en regrettant de t'avoir quitté, et que j'allais me traîner à tes pieds dès que tu m'offrirais de revenir. Tout ça pour satisfaire ton lamentable ego en mettant fin à notre union selon tes propres termes. Est-ce que tu vas signer ces fichus documents, oui ou non ?

Mâchoires crispées, les poings appuyés sur la table, Yannis se pencha vers elle.

— Est-ce que tu as bientôt fini de pérorer ? dit-il. Que nous puissions parler sérieusement, pour une fois !

— D'accord, si c'est ce que tu veux, ne signe pas ! Reste marié à une femme que tu détestes et qui te déteste, et interdis-toi de te remarier et de faire l'enfant dont tu as tellement envie, juste par pure rancune.

Des larmes brûlantes montaient aux yeux de Keren, brouillant sa vue, et elle se détourna, s'éloignant à grands pas avant que Yannis ne puisse se rendre compte qu'elle pleurait.

C'étaient des larmes de colère, de fureur même, qui ruisselaient sur ses joues comme un torrent, l'aveuglant presque complètement. Néanmoins, elle ne ralentit pas le pas, même lorsqu'elle trébucha. Reprenant son équilibre, elle se dirigea aussi vite que possible vers l'escalier qui la conduirait à la plage et à son bateau. À la liberté.

Se cramponnant à la rampe, elle descendit les marches de galets, puis se mit à courir dès qu'elle fut sur le sable. Ce fut presque au moment d'atteindre la jetée que Keren se rendit compte que quelque chose n'allait pas. Essuyant ses larmes, elle cligna plusieurs fois des paupières afin d'éclaircir sa vue.

Mais, lorsqu'elle distingua enfin nettement le paysage, son cœur manqua s'arrêter.

Le Sophia avait disparu.

Lunettes de soleil abaissées sur les yeux, la tête en arrière, Yannis était nonchalamment assis en position méditative, lorsque Keren resurgit sur la terrasse.

— Qu'est-ce que tu as fait de mon bateau ? tonna-t-elle.

— Je l'ai emprunté.

Elle s'était attendue à ce qu'il nie avoir quelque responsabilité dans l'affaire, aussi fut-elle déconcertée par cet aveu.

— Pour quoi faire ? demanda-t-elle sèchement quand elle eut retrouvé ses esprits.

Ôtant ses lunettes, Yannis darda sur elle son regard pénétrant.

— Parce que je me doutais que tu refuserais d'avoir une discussion adulte avec moi.

— Tu veux dire que tu avais un plan B pour le cas où je ne tomberais pas dans ta tentative de manipulation, c'est ça ?

— Je n'ai nullement tenté de te manipuler. J'espérais pouvoir te parler hier, sur ton bateau, mais j'ai respecté ton souhait d'être tranquille un jour pareil.

— Un respect qui n'est pas allé jusqu'à ce que tu t'interdises de voler les clés de mon voilier. J'imagine que c'est la raison pour laquelle tu es resté aussi longtemps dans le carré.

Par une mer aussi calme, les clés du moteur avaient été indispensables pour déplacer le bateau aussi rapidement.

— Je suis monté à bord pour me rendre compte des conditions exactes dans lesquelles tu navigues, déclara Yannis. Si tu veux le savoir, je n'ai pas cessé de me ronger les sangs à l'idée que tu étais en haute mer sur ce qui était peut-être un vrai cercueil à voiles.

— Comme si j'allais croire que tu t'inquiètes pour moi !

— Je te rappelle que tu es ma femme, Keren !

Le poing de Yannis s'abattit sur la table, faisant s'entrechoquer bruyamment tasses et soucoupes.

Le cœur de Keren bondit dans sa poitrine avec ce qui lui sembla être un vacarme similaire.

— Pour que ce ne soit plus le cas, répliqua-t-elle sèchement, il suffirait que tu te décides à signer ces fichus documents.

— Je n'ai aucune intention de divorcer ! Ce que je veux, c'est que nous nous accordions une deuxième chance. Je veux avoir une discussion sérieuse avec toi pour envisager ce que nous pourrions faire pour que notre couple fonctionne, et…

— Mais tu me détestes !

Un muscle palpitait au-dessous de l'oreille de Yannis, le long de sa mâchoire. Inspirant profondément, il vrilla son regard à celui de Keren.

— Par moments seulement, *glyko mou*, susurra-t-il. Par moments.

— Eh bien, moi, je te déteste tout le temps !

— Autrefois, tu m'aimais…

Il avait dit cela avec une intonation rauque qui fit monter les larmes aux yeux de Keren. Elle détourna la tête pour qu'il ne les voie pas, s'efforçant désespérément de contenir les émotions qui faisaient rage en elle.

— J'ai piqué les clés de ton bateau sur un coup de tête, ajouta Yannis d'une voix plus maîtrisée. Ce n'était pas mon intention quand je suis monté à bord. Lorsque je les ai aperçues, je me suis dit que ça m'offrait l'occasion de te contraindre à une discussion que tu risquais de fuir. C'est pour cela que je les ai prises.

— Je n'ai pas envie de discuter avec toi, murmura Keren.

— Cela ne m'a pas échappé. C'est la raison pour laquelle je me suis donné les moyens de te contraindre à m'écouter. Ton voilier te sera rendu dès lundi matin.

— Dans trois jours ? Tu n'y penses pas ! Je refuse de passer ne serait-ce qu'une seule nuit sur cette île de malheur.

— Je te demande seulement de nous accorder le temps de décider si cela vaut la peine d'essayer de revivre ensemble.

— C'est tout décidé ! Et tu ferais mieux de te faire à l'idée. Alors cesse ton petit jeu ridicule, et rends-moi mon bateau.

— Non. Pas avant lundi.

— D'accord ! Puisque c'est comme ça, je vais immédiatement…

Keren s'interrompit à l'instant où elle porta les mains à sa ceinture, pour se rendre compte avec horreur qu'elle n'avait plus son sac banane.

Depuis qu'elle naviguait, c'était bien la première fois qu'elle descendait à terre sans se munir de l'ingénieuse petite sacoche contenant son passeport, son téléphone et un peu d'argent pour parer à toute éventualité.

— Et où comptes-tu aller ? lança Yannis. À la police,

peut-être ? Entre époux, le vol n'existe pas. De plus, tu n'as rien d'autre, avec toi, que les vêtements que tu portes.

Croisant les bras sur son torse, il toisa Keren du regard pendant quelques secondes au cours desquelles le muscle continua à palpiter le long de sa mâchoire. Puis, sa posture se relâcha.

— Je vais conclure un marché avec toi, reprit-il. Je m'engage à signer les papiers du divorce immédiatement, mais en les datant de lundi. Tu les garderas. Et si, lundi, tu es toujours décidée à divorcer, alors tu pourras t'en servir comme bon te semble.

Emboîtant le pas à Yannis, Keren le suivit à travers les doubles portes-fenêtres qui menaient au grand salon de la villa. Elle ne s'était pas sentie aussi mal depuis le jour où elle avait découvert qu'il effectuait des recherches sur les modalités de divorce.

Car elle n'oubliait pas que c'était son comportement *à lui* qui avait été la cause de leur séparation. C'était lui qui avait, le premier, songé à mettre un terme à leur histoire ; qui avait cessé de lui faire l'amour ; qui s'était fait accompagner à une réception officielle par son assistante, sachant pertinemment que les paparazzis ne manqueraient pas l'événement.

Certes, depuis leur rupture, Yannis s'était évertué à faire traîner les choses. Avec une surprenante cruauté, d'ailleurs. Son propre avocat avait même rechigné lorsque, pour la quatrième fois, son client avait voulu revoir à la baisse l'arrangement financier proposé.

Il était clair que Yannis entendait la mettre sur la paille. Probablement espérait-il la voir mendier auprès de lui. C'était un piège dans lequel Keren n'était pas tombée.

Son nouveau blog – désormais intitulé *Journal d'une vagabonde des mers* – rencontrait encore davantage de succès que le précédent. Elle en tirait un revenu suffisant pour ses maigres besoins, et cette indépendance financière devait fortement agacer Yannis.

Contrairement à ce qu'il prétendait, il n'avait certainement pas la moindre envie que Keren lui revienne. Tout ce qu'il cherchait, c'était à la faire souffrir. Elle en était bien persuadée. En la contraignant à passer ces trois jours en sa compagnie, il abattait une dernière carte destinée à lui faire payer son audace en prenant l'initiative de la rupture.

Plantée sur le seuil du bureau, Keren regarda Yannis signer les documents en compagnie de deux domestiques convoqués comme témoins. Une fois qu'il en eut terminé, il congédia ces derniers et tendit à Keren la liasse où figurait déjà la signature qu'elle y avait apposée trois mois auparavant. Profitant de l'une de ses visites sur la tombe de leur fille, elle s'était rendue au cabinet de son avocat personnel, à l'autre bout de l'île.

Clignant des yeux, Keren concentra son attention sur la date, au-dessus de l'endroit où Yannis avait émargé. Il s'agissait bien de celle du lundi à venir.

Dans trois jours, elle déposerait ce contrat auprès de son propre homme de loi avant de reprendre la mer, dans l'attente du moment où elle serait informée qu'un juge avait rompu le lien qui l'attachait encore à Yannis.

Enfin, elle serait libre !

Mais pourquoi cette idée lui faisait-elle monter aux yeux des larmes brûlantes ? Quelle était cette douleur qui lui serrait le cœur ?

— Veux-tu que je les conserve dans le coffre ? proposa Yannis. Tu pourras les prendre quand bon te semble. Le code est resté le même.

Déglutissant avec peine, clignant des paupières pour effacer ses larmes, Keren fit non de la tête.

— Et qui me dit que tu ne le changeras pas avant ? fit-elle.

— Tu ne me fais pas confiance ?

— Autant faire confiance au serpent du jardin d'Éden !

Le regard lourd de Yannis transperça Keren, faisant courir sur sa peau une myriade de picotements.

— Alors, il me reste trois jours pour la regagner, ta confiance, observa-t-il posément.

Le regard obstinément baissé sur les documents, Keren les plia avec soin puis les glissa dans la poche arrière de son short.

Fallait-il qu'elle soit stupide pour avoir oublié son sac banane !

Elle dissimulerait son précieux butin dans un endroit sûr, dès qu'elle échapperait à la surveillance de Yannis. Tout ce qu'elle regrettait, c'était de ne pouvoir se cacher elle-même pendant les trois jours à venir.

Comment allait-elle supporter ces longues heures sans donner libre cours à des envies de meurtre ou devenir folle ? Ou les deux, peut-être…

— Allons déjeuner, déclara Yannis, brisant le silence.

— Je n'ai pas faim.

— Tu n'as presque rien mangé, ce matin.

— On se demande bien pourquoi !

En soupirant, Yannis passa une main nerveuse dans ses cheveux.

— As-tu tant de mal que cela à te montrer aimable avec moi ?

— Si tu veux le savoir, oui.

— Est-ce que cela t'aiderait si je te présentais des excuses ?

Cette question avait été accompagnée de l'un de ces sourires en coin dont Yannis avait le secret. Ce genre de sourire tellement sexy qu'il faisait chavirer tous les cœurs.

Keren détourna les yeux.

C'était ainsi que le beau Yannis Filipidis l'avait séduite dès l'instant où elle avait croisé son regard d'azur.

Ils s'étaient rencontrés lors de la soirée d'ouverture d'une galerie d'art, dans l'enceinte du palais princier d'Agon. Yannis et son frère étaient les conservateurs de l'exposition.

Le prince régnant avait décidé que la considérable quantité d'œuvres détenue par sa famille méritait d'être offerte à l'admiration des visiteurs de l'île.

Dans le but d'attirer un public jeune et branché, le service de relations publiques du palais avait contacté Keren afin qu'elle assiste à l'inauguration et en fasse le compte rendu sur son blog.

Ces gens-là se souciaient peu de son manque d'expérience dans ce domaine. Ce qu'ils espéraient, c'était qu'elle les mette en relation avec les jeunes qui lisaient ses articles.

Prenant l'engagement de ne pas interférer avec ce qu'elle écrirait, ils avaient offert de payer son billet d'avion et son hébergement. Agon était sur la liste des merveilles que Keren prévoyait de visiter aussi avait-elle accepté avec enthousiasme.

Comment n'aurait-elle pas eu encore en tête, aujourd'hui, l'image du si séduisant inconnu à la haute silhouette, dans son impeccable costume à rayures, qui la fixait depuis l'autre côté de la galerie, négligemment appuyé au mur, une bouteille de bière à la main ?

Faisant fi de l'attention que lui-même suscitait parmi l'assistance bourdonnante, il n'avait eu d'yeux que pour elle.

Lorsque Keren avait atterri sur l'île d'Agon, c'était pour un long week-end. En réalité, elle y avait passé deux années.

Pour l'instant, celui qui l'avait repérée ce soir-là et épousée six mois plus tard la gratifiait toujours de son sourire enjôleur.

— Je ne reste que trois jours, Yannis, dit-elle. Pas trois semaines.

— Mais tu acceptes ce séjour, observa-t-il d'un air satisfait.

— Contrainte et forcée. Et pas au-delà de trois jours.

— Ce sera suffisant pour que je parvienne à te convaincre de rester définitivement.

Le sourire s'effaça, et Yannis inclina la tête.

— Est-ce que tu me croiras si je te présente des excuses ? s'enquit-il.

— Certainement pas !

— Alors, mieux vaut que j'économise mon souffle pour le moment où tu seras en mesure de me croire.

— Ne le retiens pas jusque-là, surtout ! Cela pourrait t'être fatal.

De nouveau un sourire flotta sur les lèvres sensuelles.

— J'espère que tu me ferais du bouche-à-bouche, le cas échéant. Non ?

Avant même que Keren n'ait pu répondre, Yannis passa entre elle et le chambranle de la porte, si près qu'il la frôla, l'enveloppant dans un nuage d'eau de toilette.

Trop tard, hélas, Keren prit conscience qu'elle s'était interdit d'en inhaler les effluves jusqu'à cet instant.

Ses orteils se crispèrent dans ses sandales, et elle ferma les yeux, se raidissant pour contenir les vagues de désir qui montaient en elle.

Ce n'étaient que des échos du passé. Des souvenirs.

Des souvenirs qu'elle avait enfermés au tréfonds de son âme lorsqu'elle avait fui Agon.

— Où, diable, te cachais-tu ?

Sur le point de boire à la bouteille d'eau, Keren se retint de sursauter à la brusque apparition de Yannis.

Lorsqu'elle avait quitté son bureau, elle s'était bien gardée de le suivre jusqu'à la terrasse où la table était certainement dressée pour deux. Au lieu de cela, elle avait gagné la cuisine et y avait été accueillie par le regard éberlué du cuisinier.

Déjà au service de Yannis lorsqu'elle vivait à la villa, l'homme n'avait pas hésité à la serrer sur son cœur.

Néanmoins, il avait semblé mal à l'aise lorsque Keren s'était enquise de ce qu'elle pourrait emporter pour pique-niquer dans le parc. Comme il ne se décidait pas à répondre, elle avait pris l'initiative d'explorer le réfrigérateur. Pour y découvrir – à sa grande satisfaction – un saladier de mousse au chocolat probablement destiné au dessert.

Yannis était fou de chocolat. Il prétendait que les longueurs de piscine auxquelles il se contraignait quotidiennement, avaient essentiellement pour objet d'éliminer ses orgies chocolatées.

Mais, puisqu'il ne s'était pas gêné pour voler son bateau, Keren ne pouvait-elle faire main basse sur son dessert favori ?

— Yannis et moi sommes encore mariés, donc je suis

toujours chez moi ici, avait-elle lancé au malheureux cuisinier. Vous pourrez le lui rappeler s'il demande des comptes.

Attrapant une cuillère au passage, Keren avait emporté son butin à l'autre bout de l'oliveraie, où elle n'avait pas tardé à venir à bout du délicieux entremets dont la suavité avait mis un peu de baume sur ses nerfs à vif.

Respirant plus aisément qu'elle ne l'avait fait depuis le matin, elle avait ensuite erré dans le bosquet, en quête de pierres avec lesquelles fabriquer une cachette. Prenant soin de glisser les documents dans le sac en plastique qu'elle avait également trouvé dans la cuisine, elle avait dissimulé la liasse sous le monticule.

C'était la soif qui l'avait chassée de l'oliveraie. Keren venait juste de gagner le bar installé au bord de la piscine, sachant y trouver de quoi se désaltérer, lorsque Yannis avait fait son apparition. Aussitôt, elle avait senti son cœur s'emballer.

Il avait ôté son polo, et le regard de Keren était exactement à la hauteur du torse dénudé, car son mari la dominait d'une bonne tête.

S'appuyant nonchalamment au bar, Keren décida qu'entre deux maux mieux valait choisir le moindre. Aussi se contraignit-elle à braquer les yeux sur le visage de Yannis.

— Si je répondais à ta question, dit-elle, tu saurais où me trouver la prochaine fois.

Faisant un pas vers elle, il la prit dans le double faisceau de son regard étincelant.

— Ainsi, fit-il, tu envisages de te cacher pour échapper à toute discussion.

Keren sentait un tremblement dans sa jambe droite et elle enfonça les orteils dans ses sandales aussi fort qu'elle put. Peut-être serait-il moins risqué, songea-t-elle, de fixer son regard sur son cou puissant ?

Erreur fatale ! Cela faisait revenir dans sa bouche le goût musqué de sa peau.

— Je n'ai jamais dit que j'étais d'accord pour parler, lâcha-t-elle avant de reporter la bouteille à ses lèvres.

Elle en ingurgita tout le contenu. Si, au moins, l'eau pouvait effacer jusqu'au souvenir qu'elle avait dans la bouche ! Et éteindre le début d'incendie qui s'allumait au plus profond de son être…

Repérant, sur le bar, le saladier dans lequel seules quelques traces de chocolat révélaient la nature du contenu envolé, Yannis haussa un sourcil intrigué. Lorsqu'il attrapa l'objet, son bras frôla Keren.

— Tu as tout mangé ?

Une nouvelle fois, Keren fut submergée par les effluves de son eau de toilette, et elle ne put qu'acquiescer d'un signe de tête, tout en s'essuyant les lèvres d'un revers de main.

— Tu ne m'en as pas laissé ? insista-t-il.

Secouant la tête, elle s'exhorta intérieurement à se ressaisir.

Reposant le saladier, Yannis affecta une mine affligée. Mais la lueur dans son regard contredisait son prétendu abattement et ramenait à l'esprit de Keren tant de moments où elle avait vu briller le même éclat dans ses prunelles bleues.

Yannis fit semblant de se lamenter.

— Il faut croire que tu me détestes vraiment. Et c'était notre dessert pour ce soir !

Cette fois, Keren déglutit avant de riposter, soucieuse de s'exprimer d'un ton plus ferme.

— Eh bien, il ne te reste qu'à me croire sur parole si je te dis que c'était délicieux.

L'éclat des prunelles s'intensifia.

— Tu vas devoir te faire pardonner, déclara Yannis.

— Si tu me restitues mon bateau, tu n'auras plus à craindre que je fasse main basse sur tes entremets préférés.

En réaction, Yannis souleva les sourcils.

— Ne me dis pas que tu serais prête à te livrer à des actes de vandalisme sur la nourriture ! s'exclama-t-il, simulant l'indignation.

Keren avait toujours adoré le sens de l'humour de Yannis. Avec son sourire sexy, son sublime visage, et son corps de rêve, cela faisait partie des multiples charmes grâce auxquels il l'avait harponnée sans la moindre difficulté.

Yannis avait aussi le pouvoir de la faire rire tout en la menant à l'orgasme.

Soudain, un souvenir s'imposa à Keren.

Elle se revoyait paradant devant son mari, simplement enroulée dans un paréo qui dissimulait sa nudité. Lorsqu'il avait cherché à l'attraper, elle s'était enfuie en riant. C'était à cet endroit même qu'il l'avait rattrapée. C'était sur ce bar qu'il l'avait assise, avant de s'enfoncer au plus profond d'elle, tandis que le rire continuait de perler à ses lèvres.

Trop tard pour repousser ce souvenir importun ! se désola-t-elle *in petto*. Déjà un brasier s'allumait au creux de son ventre, et c'était tout juste si elle parvenait à ne pas se dandiner d'un pied sur l'autre, ce qui aurait trahi son émoi.

— Eh bien, si tu te refuses à me rendre mon bateau immédiatement, peut-être ferais-tu mieux d'équiper les portes de la cuisine d'un solide cadenas. Qui sait sur quoi d'autre je risquerais de jeter mon dévolu ?

À son grand soulagement, Keren avait lancé cette boutade d'un ton bien plus léger que ne l'était son état d'esprit.

— Et sur *qui* as-tu jeté ton dévolu, dans tes voyages au long cours ? s'enquit Yannis tout à trac.

Brusquement, Keren n'eut plus la moindre envie de plaisanter.

— Cela ne te regarde pas, répliqua-t-elle.

Inclinant la tête presque à la toucher, Yannis rétorqua sans une once d'humour :

— Oh ! que si, *glyko mou* ! Tu es ma femme, je te le rappelle.

Il était si près que Keren sentait son souffle chaud sur sa joue.

Le problème, c'était qu'elle n'avait aucun moyen de reculer. En s'adossant au bar, elle s'était piégée elle-même.

Fusillant Yannis du regard, elle rassembla tout son courage et le peu de lucidité qu'il lui restait.

— Sur le papier seulement, objecta-t-elle. De plus, cela ne te donne aucun droit sur moi. Je ne suis pas ta chose !

— Certes, mais il n'empêche que tu ne cesseras jamais de m'appartenir.

— Et qu'en pense Marla ?

Le prénom de l'assistante de Yannis avait franchi les lèvres de Keren avant même qu'elle n'en prenne conscience.

Il fit un pas en arrière.

— Vous êtes toujours ensemble ? ajouta Keren dans l'espoir que la provocation le pousse à reculer davantage.

Néanmoins, ce n'était pas sans peine qu'elle mentionnait cette femme. Elle avait oublié que cela lui faisait l'effet d'un coup de poignard en plein cœur.

— Il ne s'est jamais rien passé entre Marla et moi, contre-attaqua Yannis. Je te l'ai déjà dit !

— Même pas après mon départ ?

Des émotions qui n'avaient plus rien à voir avec le simple désir physique montaient en Keren, et elle redouta que les larmes ne lui viennent aux yeux. La seule manière d'éviter de s'y laisser aller était de continuer à le pousser dans ses retranchements.

— J'espère que tu es encore célibataire, reprit-elle. Pour le moment, tout au moins. Pour ma part, je détesterais que mon amoureux continue à jouer au chat et à la souris avec son ex…

Un éclair de colère déforma le beau visage de Yannis. Au même moment, son bras s'enroula autour de la taille de Keren. La soulevant du sol et l'obligeant à se tenir sur la pointe des pieds, il la plaqua contre son torse d'airain. Puis il souda ses lèvres aux siennes, lui interdisant toute protestation.

4.

Il y avait dans le baiser de Yannis une âpreté farouche, presque brutale, à laquelle Keren répondit avec une sauvagerie similaire.

Cramponnée aux larges épaules de celui qui était encore son mari, elle ouvrit les lèvres, et leurs bouches se soudèrent dans un affrontement torride, une passion qui ne faisait que croître et s'intensifier. Chacun enserrait le buste de l'autre si étroitement que leurs deux corps fusionnaient comme si rien ne pourrait jamais les séparer.

Si le souvenir de leurs ébats, en ce même endroit, n'était pas venu lui traverser l'esprit, Keren se serait certainement abandonnée à la griserie d'un désir surgi de nulle part. Or, il n'en fut rien.

Car, lorsque Yannis la souleva du sol pour l'asseoir sur le bar, la panique s'empara d'elle, annihilant le besoin irrépressible qui la tenaillait. Elle détourna la tête et le repoussa d'une bourrade en plein torse.

— Lâche-moi ! s'écria-t-elle.

Instantanément, Yannis desserra son étreinte et recula. Mâchoires serrées, il la dévisagea sans ciller.

De peur que sa rebuffade n'ait pas été suffisamment convaincante, Keren se hâta de glisser au sol. Ses jambes flageolantes ne lui permettant pas de partir en courant, elle tituba jusqu'au bord de la piscine dans laquelle elle se jeta.

La fraîcheur de l'eau sur sa peau gorgée de soleil eut pour

effet immédiat d'éteindre l'incendie que le baiser de Yannis avait allumé en elle, lui faisant reprendre ses esprits.

Comment avait-elle pu foncer tête baissée dans le piège qu'il lui tendait ?

Elle s'était trahie elle-même, lui offrant une arme qu'il ne manquerait pas d'utiliser à son propre avantage.

Cela faisait si longtemps qu'ils n'avaient pas eu le moindre rapport intime que le corps affamé de Keren s'était embrasé comme un papillon attiré par la flamme d'une bougie.

Combien de nuits avait-elle passées aux côtés de Yannis, attendant désespérément qu'il se décide à lui faire l'amour ? Combien de fois s'était-elle plaquée contre son dos, glissant un bras autour de sa taille ?

Invariablement, Yannis mettait un terme à ses tentatives en retenant sa main. Parfois, il la portait à ses lèvres pour y déposer un baiser. Le plus souvent, il se contentait de nouer ses doigts à ceux de Keren, puis il s'endormait sans un mot.

À la fin, Keren avait abandonné ces avances infructueuses. Peu à peu, le lien qui les attachait l'un à l'autre s'était effiloché. Leur couple avait fini par se disloquer.

Et voilà qu'il avait le culot de l'embrasser comme si son désir pour elle ne s'était jamais éteint !

À moins qu'elle n'ait retrouvé l'attrait de la nouveauté à ses yeux, après tant de temps ?

Lorsque Keren émergea de l'eau, sa belle lucidité s'émoussa quelque peu devant la vision qu'offrait Yannis planté sur le bord du bassin.

De nouveau, elle fut submergée par une vague de désir.

Pour échapper au regard bleu qui la transperçait, elle tourna le dos et nagea jusqu'à l'autre extrémité de la piscine aux dimensions quasi olympiques. Quand elle y parvint, elle se hissa sur la margelle puis alla s'allonger sur l'herbe.

Les yeux fermés, elle sentait son cœur battre si fort qu'il lui était difficile de respirer. Aussi se concentra-t-elle pour inspirer et expirer lentement, à plusieurs reprises.

Keren n'aurait su dire combien de temps il lui fallut pour

que son rythme cardiaque s'apaise. Sur ses lèvres, elle sentait encore la pression de celles de Yannis.

Soudain, à travers ses paupières closes, elle perçut une ombre qui planait au-dessus d'elle. Aussitôt, son cœur se remit à battre la chamade. Sans ouvrir les yeux, elle murmura :

— Laisse-moi tranquille.

Au mouvement de l'air, Keren comprit que Yannis ne tenait aucun compte de son injonction et se laissait tomber près d'elle.

— Ainsi, je te fais toujours autant d'effet, dit-il.

Nier aurait été un mensonge auquel Keren se refusait.

Elle se contenta de serrer les lèvres, s'interrogeant sur la façon dont Yannis avait formulé ce qui était davantage une affirmation qu'une question.

S'était-il exprimé sur un ton hautain, triomphant, soulagé ?

Il laissa échapper un petit rire, avant d'ajouter :

— Tu ne prétends pas le contraire, à ce que je vois.

— C'est toi qui m'as forcée à t'embrasser, rétorqua Keren, mettant dans sa voix autant de froideur que possible.

— Jette un coup d'œil sur mon épaule, et répète-moi ça.

Keren ouvrit les yeux pour trouver le visage de Yannis à quelques centimètres du sien. Avec un sourire entendu, il pointait l'index vers son épiderme bronzé, strié de marques rouge vif. Des égratignures. Celles que les ongles de Keren y avaient tracées.

Morte de honte, elle referma les yeux.

— Désolée, marmonna-t-elle.

— Il n'y a pas de quoi. Les blessures que tu m'infligeais pendant l'amour m'ont beaucoup manqué.

Se redressant en toute hâte, Keren serra les genoux contre sa poitrine. Pourquoi Yannis s'obstinait-il à lui mentir ? s'interrogea-t-elle amèrement. Comme si l'accès de passion auquel il venait de donner libre cours était autre chose qu'une mise en scène !

— Si tu essaies encore une fois de m'embrasser, prévint-elle, compte sur moi pour te mordre la langue.

— Tu as développé des goûts un peu… spéciaux, on dirait.

— Je ne plaisante pas, Yannis ! Nous ne sommes plus ensemble et…

— C'est faux ! Nous sommes encore légalement mariés.

— Plus pour longtemps !

— J'ai quelques heures devant moi pour te convaincre de détruire les documents, et de réintégrer le domicile conjugal.

Keren retira ses sandales détrempées.

— Combien de fois devrais-je rabâcher que c'est hors de question ?

— Et combien de fois devrai-je te répéter que je suis prêt à tout pour te faire changer d'avis ? Tu m'as aimé autrefois, *glyko mou*. Nous avons été heureux.

— Cela n'a pas duré !

— Mais tu reconnais que nous l'avons été, non ? Alors, qu'est-ce qui nous empêche de l'être à nouveau ? Et j'ai déjà la preuve que je ne te laisse pas indifférente…

Après lui avoir décoché un coup d'œil pétillant de malice, Yannis déposa un baiser sur le genou de Keren. Sans lui accorder le temps de réagir, il bondit sur ses pieds et la gratifia d'un sourire radieux en ajoutant :

— Te garder prisonnière trois jours entiers suffira à te démontrer que notre couple mérite une deuxième chance.

— Ainsi tu admets que je suis ta prisonnière ?

Le sourire de Yannis s'élargit.

— Fais-moi confiance pour être un ravisseur particulièrement prévenant, ironisa-t-il.

Le voyant s'éloigner d'un pas leste, Keren lui lança :

— Où vas-tu ?

Faisant volte-face, Yannis revint vers elle.

— Je te manque déjà ? la taquina-t-il.

Pour toute réponse, Keren le fusilla du regard. Yannis partit d'un grand éclat de rire, avant d'ajouter :

— Attends-moi là. Je reviens dans cinq minutes. Surtout, n'essaie pas de te cacher à nouveau, *glyko mou*… À moins que tu ne tiennes à ce que je te coure après…

Yannis rapportait réapparut bientôt, portant un pichet de jus de fruits et deux verres, et il avait jeté un plaid sur son épaule.

Il déposa verres et boisson sur la plage dallée de la piscine, puis étendit le plaid sur l'herbe avant d'extirper un petit flacon bleu de sa poche arrière.

— Attrape ! fit-il en le lançant à Keren.

C'était la crème solaire qu'elle avait coutume d'utiliser quand elle vivait à la villa. Elle n'aurait jamais imaginé que Yannis en ait retenu la marque. Ni qu'il soit capable de faire l'effort de lui en acheter, même s'il s'était certainement déchargé de la tâche sur son personnel.

Néanmoins, c'était un geste auquel Keren ne s'était pas attendue. À vrai dire, elle aurait dû être furieuse de constater qu'il n'avait pas douté un instant de la retenir sur l'île. Au lieu de quoi, elle ne pouvait s'empêcher d'être touchée par une telle attention. Ce qui ne manquait pas de l'agacer.

— Merci, souffla-t-elle.

— Tu as besoin d'aide pour l'étaler ? demanda-t-il avec une lueur polissonne dans l'œil. Je me ferais un plaisir de te rendre ce service. Je me souviens que tu aimais bien ça…

Keren lui lança un regard noir.

— Ne t'aventure pas sur ce terrain, l'avisa-t-elle.

— Pourquoi ? Tu redoutes que cela t'excite un peu trop ?

— Plutôt que ça me rende malade, oui !

Encore une fois, Yannis éclata de rire.

Quelle menteuse, tu fais ! s'exclama-t-il.

Tapotant la place libre sur le plaid, à côté de lui, il ajouta :

— Viens donc. C'est plus confortable que l'herbe.

— Mon short est humide. Et je n'ai rien pour me changer.

Levant les yeux au ciel, elle prit conscience de la situation.

— Je vais être obligée de garder les mêmes vêtements tout le week-end, ajouta-t-elle avec colère.

— Ma garde-robe est à ta disposition, observa Yannis. Cela a toujours été le cas, non ?

Keren détourna la tête. Si au moins elle n'avait pas oublié ses lunettes de soleil ! se désola-t-elle en son for intérieur.

Elles l'auraient aidée à dissimuler la souffrance qui la transperçait comme un coup de poignard chaque fois que Yannis évoquait les temps heureux – l'époque où elle adorait lui voler chemises ou T-shirts pour traîner dans la villa.

— Mes effets personnels sont sur le bateau, grommela-t-elle. Tu sais, celui que tu m'as dérobé…

— Tout ce que tu as laissé derrière toi est toujours là.

À cette remarque, Keren tourna brusquement la tête vers Yannis.

— Vraiment ? fit-elle en ouvrant des yeux ronds.

Il lui opposa une expression indéchiffrable.

— Dans ton dressing-room, fit-il. Attendant ton retour.

— Je n'en crois rien.

Haussant les épaules, Yannis remplit leurs verres.

— Tu pourras le constater par toi-même, répliqua-t-il. Mais viens t'asseoir sur le plaid avant d'être dévorée par les insectes.

Il fallait vraiment que la proximité de Yannis lui fasse perdre tous ses repères, songea Keren, car elle en avait oublié à quel point elle détestait tout ce qui rampe ou saute sur le sol. Or, ce maudit type, lui, semblait avoir gardé le souvenir précis de ce qui pouvait la faire réagir.

D'un bond, elle le rejoignit, tout en mettant autant d'espace que possible entre eux.

Ce n'était peut-être pas suffisant, songea-t-elle, lorsqu'il lui tendit un verre et qu'elle dut prendre garde que leurs doigts ne se frôlent pas.

— Ouh, c'est fort ! s'exclama-t-elle après la première gorgée, surprise de constater que la boisson n'était pas uniquement composée de jus de fruits.

Yannis ébaucha un sourire en coin.

— Il m'a semblé que tu avais besoin de quelque chose qui t'aide à te détendre, observa-t-il.

— Je serai tout à fait détendue une fois que tu m'auras rendu mon bateau.

Il s'en fallut de peu que le regard en coin de Yannis ne liquéfie Keren jusqu'aux os.

— La prochaine fois que tu parles de le récupérer, je te fais taire d'un baiser, dit-il en simulant un ton menaçant.

— Et moi, je t'ai prévenu : si tu m'embrasses une nouvelle fois, je te mords la langue.

Allongeant son impressionnante silhouette, Yannis prit appui sur un coude pour faire face à Keren.

— Eh bien, alors, je t'embrasserai… comme cela.

Tout en dardant son regard au sien, il avait appuyé un index sur ses propres lèvres avant d'en effleurer celles de Keren. C'était la plus délicate des caresses, mais elle n'en sentit pas moins une myriade de frissons parcourir son épiderme.

— Yannis…, souffla-t-elle, mais sa voix s'étrangla dans sa gorge.

Une lueur canaille s'alluma dans les yeux bleu azur, et Yannis ôta son doigt de la bouche de Keren pour le reporter à la sienne et y déposer un baiser.

Un frémissement irrépressible fit trembler Keren de la tête aux pieds. En voyant le regard de Yannis descendre vers sa poitrine, elle comprit que sa voix éraillée n'était pas le seul signe révélateur du trouble qui l'habitait.

Le regard céruléen revint sonder le sien.

— T'es-tu déjà rendu compte que nos bouches semblent faites pour s'adapter l'une à l'autre ? susurra Yannis.

— Non, jamais ! prétendit Keren.

— Moi, j'y ai souvent pensé. Mais, la prochaine fois que nos lèvres s'uniront, ce sera *toi* qui en auras pris l'initiative.

— Tu peux toujours rêver !

— Si tu veux le savoir, je n'ai jamais cessé de rêver de toi, *glyko mou*. Maintenant, tu es là. Comme dans mes rêves.

Il approcha doucement son visage de celui de Keren, puis ajouta :

— Alors pourquoi ne poses-tu pas les armes pour te détendre un peu ? Si cela peut aider, je veux bien te faire un petit massage.

À entendre pareille suggestion, Keren sentit l'eau lui venir à la bouche. Elle déglutit avec peine. Si Yannis ne faisait que poser la main sur elle, il n'y aurait pas que son squelette qui serait liquéfié…

Comment était-il possible qu'elle éprouve encore du désir pour cet homme ? Et un désir d'une telle intensité, par-dessus le marché !

Cela faisait des mois que Keren pensait en être débarrassée. Tout comme elle aurait juré ne plus éprouver pour son mari la moindre once de sentiments.

— Oh… fiche-moi la paix !

Pour toute réaction, Yannis la gratifia d'un large sourire.

Keren se détourna. Comment résister à un charme si offensif ? D'autant que leur baiser avait singulièrement affaibli ses défenses et que tout son être vibrait encore après la caresse du doigt de Yannis sur ses lèvres.

Il était urgent qu'elle échappe à sa présence. Mais pour aller où ? Et il risquait d'y voir un genre de défi…

« À moins que tu ne tiennes à ce que je te coure après… »

Car Yannis n'avait manifestement pas oublié les multiples fois où Keren l'avait incité à la poursuivre autour de la piscine. Quand elle s'amusait à le provoquer. Ces moments où, tremblante de désir et d'excitation, elle le voyait s'avancer tel un fauve prêt à dévorer sa proie.

Et, parfois, c'était elle qui tenait le rôle du félin…

Mais qu'elle soit gibier ou chasseresse, le résultat était toujours le même : l'extase !

— Tu n'aurais pas une paire de lunettes de soleil à me prêter, par hasard ? demanda-t-elle à brûle-pourpoint.

De ses deux bras noués, Keren serra étroitement ses genoux contre son buste. Comme si elle cherchait à se rouler en boule dans l'espoir de refouler les pulsations ardentes qui s'intensifiaient en elle.

Puisque s'enfuir loin de Yannis n'était pas une option, peut-être y avait-il moyen de l'éloigner, au moins quelques minutes. De plus, elle avait vraiment besoin de lunettes de soleil. Autant faire d'une pierre deux coups !

— Les miennes sont restées sur le voilier, ajouta-t-elle. Tu sais, celui que tu as volé.

— Tu n'as pas retenu ce que je t'ai dit au sujet de ces allusions ? rétorqua Yannis.

Approchant encore davantage son visage de celui de Keren, il lui décocha de nouveau un regard destiné à la faire fondre.

Au tréfonds d'elle-même, Keren sentit l'incendie se déchaîner, la privant presque de toute capacité de repartie. Ce fut d'une voix étranglée qu'elle insista :

— Tu as des lunettes pour moi, oui ou non ?

Pendant quelques interminables secondes, Yannis soutint son regard, puis il se leva d'un bond.

— Accorde-moi deux minutes, fit-il.

Keren ne put s'empêcher de le suivre des yeux tandis qu'il s'éloignait vers la villa. Elle avait toujours trouvé Yannis aussi sexy de dos que de face, et elle constata avec désespoir que son allure superbement virile lui faisait toujours autant d'effet.

C'était quasi douloureux de retrouver celui dont elle était tombée amoureuse. L'homme doté d'une énergie pleine d'entrain, d'un regard où s'allumait si souvent un éclair de malice, et qui était prêt à se mettre en quatre pour satisfaire le moindre des désirs qu'elle formulait. Et encore plus pour lui donner du plaisir.

C'était petit à petit que des failles s'étaient créées entre eux. À peine un mois après le retour de leur voyage de noces, Keren avait découvert qu'elle était enceinte. L'excitation de la grossesse avait fait passer au second plan l'inquiétude que lui inspirait la possessivité sans cesse croissante de son époux.

Ce trait de caractère n'avait fait que s'amplifier après la perte de leur petite Sophia. Yannis s'était à la fois éloigné d'elle et montré de plus en plus possessif. Il n'avait de cesse que de contrôler chaque instant de ses journées.

Bien souvent, Keren s'était demandé comment le séducteur plein de fantaisie pour lequel elle avait eu un véritable coup de foudre s'était transformé en un individu amer et impitoyable.

Lorsque Yannis reparut, elle avait ingurgité la totalité

de son verre. Cependant, la décontraction qu'aurait pu lui apporter l'alcool s'évapora instantanément quand il se rassit à ses côtés et lui tendit une paire de lunettes. C'était celle que Keren avait abandonnée en s'enfuyant de la villa.

Le cœur battant la chamade, elle fit aller son regard de l'objet au visage de Yannis.

Avait-il conservé toutes ses affaires comme il le prétendait ? Keren était persuadée qu'il s'était moqué d'elle. Que si elle allait explorer son ancienne penderie, elle la trouverait totalement vide. Il fallait qu'elle en ait le cœur net.

Se mettant debout, elle demanda :

— Mes vêtements sont toujours là, dis-tu ?

— Oui.

— Cela t'ennuie si je vais y jeter un coup d'œil ?

— Tu es chez toi, ici, *glyko mou*. Tu n'as pas à demander ma permission.

Un instant, Keren demeura captive du regard bleu azur, et son cœur se serra. Puis, s'arrachant à ce sortilège, elle prit le chemin de la splendide villa qui avait d'abord été son foyer, avant de se métamorphoser en une cage dorée.

Arrivée en haut de l'escalier qui menait à l'étage, Keren agrippa la rampe.

Allons, se morigéna-t-elle, elle devait se conduire en adulte et repousser les souvenirs qui l'assaillaient !

Leur chambre était à l'autre bout du long couloir. Pour l'atteindre, il lui faudrait passer devant la porte de la pièce qu'ils avaient fait peindre d'un jaune à la fois doux et lumineux.

D'un voyage d'affaires à Paris, Yannis avait rapporté les plus adorables vêtements pour bébé qui puissent exister. Ensemble, ils les avaient suspendus dans l'armoire. Keren avait préféré ne pas savoir le sexe du bébé avant la naissance – elle voulait que ce soit une surprise –, mais Yannis était persuadé qu'ils auraient une petite fille.

Posant une main à plat sur la porte fermée de la chambre,

Keren inspira profondément à plusieurs reprises jusqu'à ce que la douleur qui lui vrillait la poitrine s'apaise un peu et que se dissipe le nuage noir au-dessus de sa tête.

— Est-ce que tu penses souvent à elle quand tu es en mer ? demanda Yannis d'une voix douce, sur ses talons.

— Tout le temps.

Une nouvelle fois, Keren inspira profondément, avant de gagner leur chambre dont elle ouvrit la porte d'un geste décidé, s'interdisant toute hésitation.

Rien n'avait changé.

Le lit gigantesque, aux montants de chêne sculptés à la main, était toujours tendu de draps de couleur crème et vert pâle, assortis aux rideaux drapés de part et d'autre des trois fenêtres coulissantes. Le parquet avait la blondeur dorée d'autrefois. Les tableaux accrochés aux murs étaient les mêmes.

Lorsqu'elle passa dans la salle de bains, ce fut pour découvrir que, là non plus, rien n'avait été modifié. Ni le double lavabo, ni l'immense douche à l'italienne, ni la baignoire sur pieds. Mais il y avait plus étonnant encore !

Keren ouvrit des yeux ronds lorsque son regard se posa sur le flacon de bain moussant.

Au cours de leur lune de miel aux Maldives, elle était tombée amoureuse des produits de toilette fournis par l'hôtel, avec leur divin parfum de jasmin. Lorsqu'ils avaient regagné Agon, Yannis en avait fait livrer pour elle. Chaque fois qu'elle était sur le point d'être à court, il le remarquait et chargeait son personnel d'en commander. Jamais Keren n'avait eu besoin de réclamer.

Une vague de tristesse la submergea, et elle ferma les yeux pour laisser passer l'orage, avant de pénétrer dans son dressing.

De part et d'autre de la large allée centrale, des placards allaient du sol au plafond. Keren fit coulisser la première porte. Puis une autre, et une autre encore. Enfin, elle ouvrit quelques tiroirs. Tout était exactement dans l'état où elle l'avait laissé après avoir seulement rempli les deux valises qu'elle emportait. Rien n'avait été enlevé.

Éberluée, elle se tourna vers Yannis, appuyé au chambranle de la porte.

— Pourquoi as-tu conservé tout cela ? J'imaginais que tu en ferais un feu de joie.

Il croisa les bras.

— Je te l'ai dit, répondit-il. Toutes ces choses t'attendent. Même si je reconnais que l'idée du feu purificateur m'a parfois caressé l'esprit.

— Pourquoi t'en être empêché ? Ce n'est pas comme si tu avais apprécié ma façon de m'habiller.

— Qu'est-ce que tu racontes ?

— Voyons, Yannis, tu as toujours détesté ce que je portais !

Un profond sillon se forma entre les sourcils de jais, et Keren nota qu'un muscle s'était remis à palpiter à l'angle de la puissante mâchoire, sous l'oreille.

— C'est faux ! s'indigna Yannis. Je t'ai toujours trouvée superbe.

— Allons, voyons ! Chaque fois que nous quittions la villa, pour quelque invitation que ce soit, tu me détaillais des pieds à la tête comme si j'étais une jument de concours prête à entrer en piste, et tu critiquais ma tenue.

— Mais enfin, je n'ai jamais émis la moindre critique !

— « Tu ne crois pas que cette couleur est un peu criarde pour une soirée au palais, *glyko mou* ? » singea Keren.

Elle défia Yannis du regard avant d'ajouter :

— Si ce n'est pas de la réprobation, ça, je me demande bien ce que c'est !

Pendant quelques secondes, Yannis la dévisagea sans mot dire. Sa respiration semblait difficile.

— Je cherchais seulement à te venir en aide, fit-il.

Un rire amer monta de la gorge de Keren.

— Parce que tu appelles ça m'aider ? s'exclama-t-elle.

La pulsation le long de la mâchoire de Yannis s'affola.

— Est-ce que tu as oublié à quel point ma mère t'avait mise mal à l'aise, lors de votre première rencontre, en disant qu'elle trouvait ta toilette « originale » ?

Comment Keren aurait-elle pu oublier ?

Elle était dans un état de nervosité maximum lorsqu'il s'était agi d'être présentée aux parents de Yannis. ils étaient en croisière autour du monde, et elle avait pu faire leur connaissance qu'au bout de quatre mois. À ce moment-là, Yannis et elle étaient déjà fiancés, et les préparatifs du mariage allaient bon train.

C'était avec le plus grand soin que Keren avait choisi sa robe pour l'occasion. D'un rouge vif, brodée de fleurs d'inspiration chinoise, elle lui descendait à la cheville sans pour autant désavantager sa petite taille.

Nina Filipidis, vêtue de pied en cap de créations de grands couturiers, l'avait serrée sur son cœur avec effusion puis s'était reculée d'un pas en lui prenant les mains. La tenant à bout de bras, elle l'avait détaillée de haut en bas, avant de s'exclamer du ton de celui ou celle à qui un bambin offre son plus affreux dessin :

— Quelle robe originale !

Un peu plus tard, aggravant les choses, Nina avait glissé une carte à Keren, avec les coordonnées de sa styliste personnelle, en ajoutant :

— Je suis sûre qu'elle saura vous aider à moderniser votre garde-robe.

Yannis arracha Keren à ses pensées.

— Sa remarque n'avait pas pour but de te blesser, enchaîna-t-il. C'était juste le genre de réaction typique de la bonne société d'Agon. Mais tu en avais été blessée, et je voulais éviter que cela se reproduise. C'est la seule raison qui me poussait à intervenir dans tes choix de toilettes. Pour que tu t'intègres au mieux dans mon univers, et que t'y sentes à l'aise.

— Dis plutôt que tu tenais à ce que je me conforme aux us et coutumes de la jet-set locale, aussi bien dans mon style vestimentaire que dans tout le reste.

Keren vit le visage de Yannis se crisper, au point que se dessinèrent les veines à ses tempes.

— Je n'ai jamais attendu de toi que tu rentres dans quelque moule que ce soit, répliqua-t-il. Je savais pertinemment qui j'épousais. Néanmoins, c'était mon rôle de te protéger et de t'aider à trouver ta place.

— Pas du tout ! Ton rôle, c'était seulement de m'aimer et de me soutenir, au lieu de quoi…

Quelque chose se brisa en Keren, et elle repoussa d'un geste brusque le tiroir qu'elle tenait ouvert.

— Oh ! laisse tomber ! reprit-elle. Je ne vois pas pourquoi j'use ma salive à essayer de régler de vieux conflits sans issue.

C'en était trop pour Keren. Des émotions qu'elle croyait mortes et enterrées depuis longtemps la submergeaient, la mettant au bord du malaise. Il était urgent qu'elle s'éloigne. Qu'elle puisse respirer librement.

Elle se précipita vers la sortie, manquant de peu se heurter à Yannis qui s'était mis en travers de son chemin.

Keren fit un pas en arrière, sifflant entre ses dents serrées :

— Laisse-moi passer, s'il te plaît.

— Non ! rétorqua Yannis. Il est grand temps que nous en finissions une bonne fois pour toutes avec nos contentieux.

Et, pour bien marquer sa détermination, il se tourna vers la porte qu'il verrouilla avant d'en empocher la clé.

5.

Déglutissant difficilement, Keren s'efforça de juguler la panique qu'elle sentait monter.

— Écarte-toi de cette porte, Yannis, gronda-t-elle.

Il croisa les bras sur sa poitrine.

— Pas question ! lança-t-il. Je ne vais pas te laisser t'enfuir une nouvelle fois. Nous ne sortirons pas d'ici tant que nous n'aurons pas eu une discussion de fond.

— Tu n'as pas le droit de me garder prisonnière !

— La clé est dans ma poche. Sers-toi.

— Je ne te toucherais même pas avec des pincettes !

— Alors, assieds-toi et accepte que nous discutions des griefs que nous avons l'un envers l'autre. Ce que nous aurions dû faire il y a fort longtemps.

— Si tu conserves des « griefs » à mon égard – comme tu dis pourquoi, diable, vouloir que je revienne ? Tu te portes certainement mieux loin de moi. On ne met pas en cage un oiseau voyageur. Tu devrais te trouver une épouse adéquate dans la bonne société de ton île. Cela fera plaisir à tout le monde !

— Si j'avais voulu me marier dans l'élite de notre principauté, je ne serais pas allé chercher une étrangère.

— Alors, pourquoi avoir essayé de me faire changer ?

— J'ai simplement cherché à ce que tu t'adaptes au monde dans lequel tu entrais.

Keren eut un rire amer.

— Tu sais, Yannis, dit-elle, cela ne m'a jamais gênée d'être considérée comme une marginale. Mes parents et ma sœur ont toujours été déconcertés par la personne que je suis. Cela ne les empêche pas de m'aimer, et de m'accepter. Toi, tu t'es contenté de faire semblant de me supporter. Quand tu m'as épousée, tu savais pertinemment que je ne serais jamais celle que tes parents espéraient voir entrer dans ta vie. Tu affirmais m'aimer telle que je suis, mais tu n'as eu de cesse de chercher à me transformer depuis l'instant où tu m'as mis la bague au doigt. J'ai passé les dix-huit premières années de ma vie à rêver du jour où j'échapperais au carcan familial, tout ça pour me retrouver prise au piège de ton modèle d'épouse parfaite.

À nouveau, un muscle s'était mis à palpiter le long de la mâchoire de Yannis.

— Est-ce l'excuse que tu t'es forgée pour me fuir ? interrogea-t-il.

— Ce n'est pas une excuse, Yannis ! Et c'est ta fichue arrogance qui te fait croire que tu sais parfaitement ce qui est bien pour moi.

— C'est cela qui te fait pleurer ?

Keren n'avait pas remarqué les larmes brûlantes qui coulaient sur son visage de Keren. Horrifiée d'avoir craqué devant Yannis, elle les effaça d'un brusque revers de main.

— Je pleure parce que je suis furieuse ! lança-t-elle.

Ce ne pouvait être que de la colère qui bouillonnait en elle, conclut-elle. Mais pourquoi était-ce si douloureux ? Et d'où lui venait cette appréhension sourde ? Le pire, c'était que plus elle s'appliquait à étouffer ces émotions, plus elles semblaient s'enraciner en elle et refuser de se laisser réprimer.

— Voilà qui est parfait ! décréta Yannis en relevant le menton.

— Comment ? Tu te réjouis de me pousser à bout ?

— Je me réjouis de te voir baisser la garde et donner libre cours à tes émotions. Tu enfermes tout au fond de toi.

— Nous avons passé les derniers mois de notre vie commune à nous disputer comme des chiffonniers. On ne peut pas vraiment appeler ça « enfermer les problèmes au fond de soi ».

— Dis plutôt que nous n'avons pas cessé de nous chamailler pour des peccadilles afin de masquer nos sentiments. J'ai été aussi coupable que toi en la matière. Mais moi, au moins, je n'ai pas fui avant que nous ayons l'opportunité de résoudre nos problèmes.

De nouveau, la panique envahit Keren.

— Dois-je te rappeler que c'est toi qui as jeté mes valises dans le coffre du taxi ? s'indigna-t-elle. Et tu m'as traitée de monstre d'égoïsme.

— Parce que j'étais hors de moi !

— Oui ! À l'idée que je te damais le pion en prenant l'initiative de la rupture. Tu étais aussi pressé que moi d'en finir avec notre relation.

— Absolument pas ! Quand nous avons prononcé nos vœux de mariage, je me suis engagé pour la vie entière. Pas pour quatorze mois. Je te l'ai dit quand je t'ai épousée : on ne divorce pas chez les Filipidis. Jamais au grand jamais !

Révoltée au souvenir des recherches sur les procédures de divorce effectuées par Yannis, Keren leva les yeux au ciel, secouant la tête pour marquer son incrédulité.

Il se passa une main sur le visage avant de reprendre :

— Je t'aimais telle que tu étais, *glyko mou*. Mais, en m'épousant, tu savais que tu devrais te plier à certaines contraintes. Je ne te l'avais pas caché.

Pourquoi fallait-il qu'entendre Yannis parler de son amour au passé lui déchire le cœur à ce point ? se désola Keren. De même qu'elle s'en voulut de ne pas maîtriser le tremblement dans sa voix lorsqu'elle répliqua :

— Oui, je sais ! J'étais censée t'accompagner à des manifestations officielles, ou recevoir tes amis, en souriant aimablement et en surveillant mes propos.

— L'image que nous donnons ne doit porter atteinte ni à notre nom de famille ni à nos affaires. Tu n'ignorais pas que l'entreprise serait toujours ma priorité. Nous sommes dans les affaires depuis…

— La nuit des temps, je sais !

Soudain lasse de toute cette discussion, Keren gagna d'un pas lourd l'autre extrémité de la pièce où était placé un fauteuil dans lequel elle se laissa tomber.

Les Filipidis étaient dans le commerce d'antiquités et d'œuvres d'art depuis tellement longtemps que la date de création de l'entreprise familiale s'était même perdue. À en croire les archives, cela remontait à la fin du XVIe siècle. Certaines estimations parlaient même du début de ce siècle. Depuis cette époque, chaque génération avait acheté et vendu des objets provenant de palais et d'ambassades du monde entier. Leurs ventes aux enchères mensuelles faisaient les gros titres de la presse internationale.

— De mon côté, j'étais seulement l'auteur d'un petit blog ridicule, ajouta-t-elle d'un air désabusé. Une activité que tu as toujours jugée insignifiante.

— En comparaison, on ne peut pas prétendre le contraire. Toi-même, tu l'as toujours admis. Mais je t'ai toujours encouragée à le poursuivre.

— Menteur ! Tu détestais que je m'y consacre.

— Non, *glyko mou* ! J'ai mis toute mon énergie à te soutenir, au début. Dès notre rencontre, tu m'as accompagné dans mes déplacements, et tu as continué à rédiger des reportages pendant que je m'occupais de mes affaires. Mais tu as cessé de trouver de l'intérêt à ton blog bien avant que les médecins ne t'interdisent de prendre l'avion.

— C'était parce que tu ne m'emmenais jamais que dans des endroits d'une banalité confondante. Ce que j'apprécie, c'est sortir des sentiers battus, faire des découvertes surprenantes, des expériences nouvelles…

— Dis plutôt que tu avais d'autres perspectives bien plus passionnantes, coupa Yannis d'un ton ferme. Tous les deux, nous attendions avec impatience une merveille qui nous a – hélas ! – été arrachée…

Il s'interrompit, la voix brisée. Keren aurait voulu se boucher les oreilles, ou hurler à tue-tête pour étouffer le son de sa voix.

— Et quand tu as recommencé ton blog, poursuivit Yannis, tu l'as fait sans me consulter. Un soir, au dîner, tu as annoncé tout à trac que tu partais passer un long week-end au Maroc. Quand je m'y suis opposé, tu as perdu ton sang-froid.

— Tu n'avais pas le droit d'émettre une objection, rétorqua Keren d'une voix sourde. Je n'avais nul besoin de ta permission. Tu n'es pas mon seigneur et maître.

Yannis serra les dents, puis prit une profonde inspiration.

— Étant ton époux, j'étais tout à fait en droit d'exprimer mon désaccord. En ce qui me concerne, je n'ai jamais pris la moindre décision sans te consulter au préalable. C'était ainsi que tu te comportais avec moi, au début de notre relation. Nous discutions. Comme des adultes.

— Tu avais cessé de me considérer comme une adulte depuis longtemps. J'étais devenue l'une de tes possessions. Tu ne cessais de me critiquer, de tout m'interdire. Si j'avais perdu mon calme, c'était parce que j'étais certaine que tu t'opposerais à mon voyage. Tu ne voulais pas que je travaille.

— Je voulais seulement que tu sois en sécurité dans notre foyer.

— Et aussi avoir la haute main sur moi ! Pouvoir me contrôler.

— C'est vrai.

Prise de court, Keren ouvrit des yeux ronds.

— Tu l'admets ? fit-elle.

— Absolument, répondit Yannis sans ciller.

Éberluée, l'esprit vide, Keren ne parvenait à rien faire d'autre que fixer obstinément cet homme qu'elle avait aimé au point de ne pouvoir imaginer sa vie sans lui. Elle en était encore à tenter de rassembler ses idées, lorsqu'une sonnerie retentit dans la chambre voisine.

Fermant les yeux, Yannis marmonna quelque chose qui ressemblait fort à un juron.

— Il faut que j'aille répondre, dit-il.

Incapable de formuler quelque parole que ce soit, Keren opina du chef.

Le signal sonore émanait d'un système installé dans toutes les pièces de la villa pour contacter Yannis en cas d'urgence s'il était injoignable par d'autres moyens. Une forme de dernier recours.

Extirpant la clé du dressing de la poche arrière de son pantalon, il déverrouilla la porte.

— Nous reprendrons cette conversation, lança-t-il en guise d'avertissement.

Sans attendre la réaction de Keren, il s'éclipsa.

Une fois seule, Keren enfouit son visage entre ses mains et s'efforça de refouler ses pleurs. Cela faisait deux fois dans la même journée que les larmes lui montaient aux yeux, spontanément, malgré sa volonté. Le pire, c'était d'avoir pleuré devant Yannis. Cela n'était pas arrivé depuis le jour où ils avaient perdu Sophia. Par la suite, ses pleurs s'étaient taris, comme absorbés dans le gouffre de douleur qui s'était ouvert dans son cœur. Bien souvent Keren avait surpris Yannis en train de l'observer. À croire qu'il espérait la voir s'effondrer en sanglots. Elle en était tout bonnement incapable.

Ce qui l'anéantissait, en cet instant, c'était que Yannis ait fini par admettre avoir cherché à la contrôler dans ses moindres actions. Keren le lui avait reproché à maintes reprises, sans que jamais il ne le reconnaisse.

Pour le moment, au lieu de se réjouir qu'il l'ait enfin laissée seule – comme elle le désirait tant –, elle n'avait qu'une envie : qu'il revienne pour lui fournir les explications que son cerveau embrumé ne parvenait pas à trouver.

L'ironie de la chose était que Keren se serait initialement bien dispensée de cette conversation. Quel sens cela avait-il de souffler sur les braises du passé en rouvrant de vieilles blessures ?

Lorsqu'elle releva la tête, son regard se posa sur la splendide boîte à bijoux en bois précieux, mise en évidence sur la table centrale. C'était un cadeau de Yannis pour leur premier anniversaire de mariage. Sur le couvercle était gravé un dessin représentant leurs deux alliances entrelacées. Les yeux écarquillés, Keren découvrit que la sienne ainsi que sa bague de fiançailles étaient posées au centre de l'inscription. La dernière fois qu'elle avait vu ces bijoux, c'était lorsqu'elle les avait ôtés de son doigt et laissés sur la commode de leur chambre, avant son départ.

Se levant lentement, le regard braqué sur le coffret, Keren prit les bagues et les déposa au creux de sa main tremblante.

L'alliance était un simple anneau d'or portant, sur la face interne, leurs initiales et la date du mariage. Le cœur de Keren fit un bond dans sa poitrine à la seconde où elle prit conscience que Yannis portait toujours la sienne.

Devait-elle croire qu'il ne l'avait jamais ôtée ? Ou bien l'avait-il, par un calcul machiavélique, glissée à son doigt le matin même ? Elle s'attarda dans la contemplation de sa bague de fiançailles. C'était un héritage familial, transmis de génération en génération. Au XVIIIe siècle, Alexios Filipidis l'avait fait réaliser pour sa future épouse, Théodora, princesse d'Agon. Lorsque Yannis la lui avait passée au doigt, Keren avait été terriblement impressionnée à l'idée qu'une princesse royale l'avait portée. D'un seul coup, le poids de l'histoire pesait sur ses épaules.

C'était la seule fois, avant leur mariage, où elle s'était demandé si elle ne fonçait pas tête baissée dans une épouvantable méprise.

En fait, Yannis n'avait pas tort lorsqu'il disait qu'elle l'avait épousé en toute connaissance de cause. Les Filipidis étaient une ancienne famille aristocratique qui ne connaissait pas le divorce.

pour d'autres raisons, ce n'était pas non plus une pratique courante chez les Burridge. Tout simplement parce que, par peur de l'inconnu et des bouleversements, on restait marié quoi qu'il advienne.

C'était pour échapper à la sempiternelle succession de

déjeuners du dimanche et de fêtes de fin d'année réglées comme sur du papier à musique que Keren avait fui vers l'Australie dès ses dix-huit ans. Elle y avait vécu son premier nouvel an loin de la routine familiale sur l'immense plage de sable blanc de Bondi – l'une des plus belles de Sydney –, et cela avait été un moment extraordinaire.

Dix heures avant que la Grande-Bretagne ne fête l'avènement de la nouvelle année, elle avait passé un appel vidéo à ses parents pour partager avec eux un peu de son expérience. À voir leurs expressions déconcertées, Keren avait pensé qu'ils étaient à nouveau en train de se demander s'ils n'avaient pas été victimes d'un échange de bébés à la maternité. Si Keren n'avait pas hérité de la mâchoire et du teint de son père, ainsi que du nez et de la taille de sa mère, ils auraient certainement fini par lui faire subir un test ADN afin de vérifier qu'elle était bien leur fille biologique.

Malgré toute l'affection et la sollicitude dont elle avait été entourée, Keren s'était toujours sentie comme le vilain canard dans sa propre famille. Alors, comment avait-elle imaginé trouver sa place dans un foyer qui lui était aussi étranger que celui des Filipidis ? Fallait-il qu'elle ait été naïve pour croire que l'amour seul y pourvoirait ? Elle s'était figuré qu'il lui suffirait d'apporter à Yannis tout le soutien dont il avait besoin pour qu'il lui rende la pareille. Comment aurait-elle pu se douter qu'il en viendrait à lui rogner les ailes ?

Car c'était bel et bien ce qu'il avait fait. Il n'avait eu de cesse que de lui faire renoncer à sa liberté pour se plier aux règles de ce que devait être la vie d'une épouse de la haute société d'Agon.

Mais une petite voix, dans la tête de Keren, lui soufflait que les choses étaient peut-être plus complexes qu'il n'y paraissait. Comme se retrouver confrontée aux souvenirs d'une union qui avait débuté sous les meilleurs auspices pour se réduire à néant ?

Au bout du compte, Yannis avait perdu tout amour pour

elle. Keren l'avait compris bien avant de l'entendre parler au passé des sentiments qu'il lui portait.

Certes, il était prêt à tout pour qu'elle lui revienne. Uniquement par orgueil, à n'en pas douter. Il ne saurait supporter d'être le premier dans les annales familiales à connaître le divorce.

Le premier échec enregistré par la noble famille Filipidis !

Ce qui demeurait incompréhensible pour Keren, c'était la douleur qu'elle ressentait en prenant conscience de cette réalité.

Délicatement, Keren toqua à la porte du bureau de Yannis, avant de l'entrouvrir pour passer la tête dans l'entrebâillement.

Il était au téléphone, mais vrilla néanmoins son regard au sien. Un instant, elle vit une étrange expression se peindre sur son visage. Puis, il reprit une physionomie normale et lui fit signe d'entrer.

Se pelotonnant sur le canapé en cuir, Keren attendit qu'il raccroche. Ne maîtrisant pas suffisamment la langue grecque, il lui était impossible de saisir la nature de ses propos. Cependant, tout dans l'attitude de Yannis lui indiquait que quelque chose n'allait pas.

Pourtant, quel que fût le problème qu'il avait à régler, il ne détachait pas son regard du visage de Keren. De la même manière, elle demeurait comme hypnotisée par lui. Dans sa poitrine, elle sentait les battements de son cœur devenir presque douloureux, tandis que lui revenaient des images de toutes les fois où ils avaient fait l'amour dans cette pièce.

Dès qu'il en avait l'opportunité, Yannis travaillait à domicile. Or, il ne refusait jamais de s'interrompre pour accueillir les visites impromptues de Keren, abandonnant la tâche à laquelle il se consacrait pour l'attirer sur ses genoux et l'embrasser comme s'ils avaient été séparés pendant des mois et non seulement quelques heures.

Cependant il en était venu progressivement à changer d'attitude, se repliant sur lui-même, fermant brusquement son ordinateur pour dissimuler ce à quoi il s'occupait. Peu à peu, il avait perdu tout intérêt pour la femme qu'elle était, ne la considérant plus que comme l'une de ses possessions, son épouse légitime.

Pour autant, Keren gardait des souvenirs très clairs de ce qu'avait été leur relation lors de ces enivrants premiers temps. Elle n'avait pas oublié le sang bouillonnant perpétuellement dans ses veines, l'extrême sensibilité de son épiderme, le divin et constant tourment au creux de son ventre. Ni l'incessant désir qu'elle éprouvait pour Yannis.

Toutes ces sensations montaient à nouveau en elle, en cet instant même, alors qu'elle le contemplait. Que n'aurait-elle donné pour qu'il l'attire sur ses genoux, l'enserre dans ses bras puissants, l'emprisonne dans la chaleur de son corps !

Était-il en train de penser la même chose qu'elle ? Se remémorait-il l'ivresse de leur relation ? Ressentait-il, dans ses veines, la même excitation qu'elle ?

Nouant les bras autour de son buste, Keren s'efforça de chasser les émotions qui la taraudaient.

N'était-elle pas supposée ne plus rien éprouver pour lui ?

Lorsqu'il eut raccroché, Yannis posa le téléphone sur le bureau et se massa nerveusement le front.

Le besoin qu'éprouvait Keren de le prendre dans ses bras était tellement intense que cela devenait presque insupportable. Pour y résister, elle les noua plus étroitement autour d'elle.

Yannis leva les yeux pour les planter à nouveau dans les siens. Elle vit sa poitrine se gonfler.

— Qu'y a-t-il ? s'enquit-elle.

Il esquissa un petit sourire, avant de répondre dans un soupir :

— Un problème professionnel.

— Tu as envie de m'en parler ?

— Seulement si ça t'intéresse…

Le ton sur lequel Yannis avait répondu était dépourvu de la moindre provocation. Au contraire, il semblait juste incrédule.

— Raconte, fit-elle.

Se laissant aller contre le dossier du fauteuil, Yannis joignit les doigts devant lui.

— Tu as peut-être déjà entendu parler de Philippe Legarde, le milliardaire français à la tête de la maison de couture qui porte son nom.

— Oui, bien sûr ! Ta mère porte souvent ses créations.

— Eh bien, cet homme est mort il y a quelques années, et sa famille met aux enchères la plupart des œuvres d'art qu'il possédait pour payer les droits de succession. Parmi celles-ci il y a un Rembrandt et deux sculptures de Rodin. Cela devrait rapporter des centaines de millions, au bas mot. Il y a des mois que je suis sur l'affaire, mais…

— Ne me dis pas qu'ils vous quittent pour vos concurrents directs, le Cabinet Hoults ?

Avec une moue dépitée, Yannis acquiesça de la tête.

— J'avoue que j'ai un peu laissé traîner la signature du contrat, dit-il. Ces derniers temps, j'ai eu tendance à me montrer trop négligent…

— Cela ne te ressemble pas.

Il haussa les épaules, mais son visage était douloureusement crispé.

— Jeanie Legarde, la sœur de Philippe et sa principale héritière, vient d'annoncer que, si nous ne baissons pas le montant de notre commission, elle ira chez Hoults.

— Quelle vieille bique !

Les lèvres sensuelles de Yannis se détendirent, et il laissa échapper un petit rire.

— C'est exactement ce que j'ai pensé, fit-il.

— Ton frère et toi n'allez pas accepter, n'est-ce pas ?

Pour autant que Keren en soit informée, Yannis et son frère Andreas ne transigeaient jamais sur des honoraires largement justifiés par leur compétence, leur immense savoir, et une réputation acquise au cours des siècles par leur famille.

— Non, répondit Yannis. Néanmoins, Jeanie Legarde pose un problème dont je vais devoir m'entretenir avec Andreas. Cela dit, pour l'instant, ce n'est pas mon souci majeur. Je suis bien plus intéressé par le fait de savoir si tu es venue me rejoindre ici parce que je te manquais.

Ce brusque changement de sujet prit Keren au dépourvu. Aussi demeura-t-elle coite quelques secondes, avant de trouver une réponse.

— Compte là-dessus ! lança-t-elle.

Elle aurait pu se gifler pour la puérilité de cette repartie. Dans les prunelles d'azur, elle vit passer un éclair malicieux.

— Absolument ! rétorqua Yannis.

S'enfonçant dans les coussins moelleux, Keren regretta de ne pouvoir s'y fondre.

— Si je te cherchais, c'était pour poursuivre notre conversation. J'aimerais comprendre comment tu peux espérer me convaincre de revenir quand tu ne caches même pas ton besoin de me garder sous ta coupe.

Yannis se mit en appui sur ses coudes, s'inclinant par-dessus le bureau.

— Je n'ai jamais souhaité rien de tel. Et je n'ai pas plus l'intention de te mettre en cage aujourd'hui. Tout ce que je désire, c'est que tu reviennes vivre ici. Chez toi.

La gorge nouée, Keren ne put que murmurer :

— Je n'ai jamais été chez moi, ici.

Basculant la tête en arrière, Yannis poussa un profond soupir.

— Mais tu m'appartiens, *glyko mou*, souffla-t-il.

Puis il se leva avec souplesse et ajouta d'un ton plus léger :

— Je prends l'engagement que, d'ici lundi matin, tu en seras persuadée, toi aussi.

Keren ferma les yeux.

— Yannis..., gémit-elle. C'est impossible.

— Rien n'est impossible, *glyko mou*. C'est toi qui me l'as appris.

6.

Assise sur la margelle de pierre du bassin, Keren faisait jouer ses orteils dans l'eau, observant les rides qui se formaient à la surface de la piscine. Profitant du fait que Yannis devait appeler son frère, elle s'était échappée un moment. Pourtant, depuis qu'elle avait quitté le bureau, elle n'avait pensé à rien d'autre qu'à son mari.

Le soleil commençait à descendre à l'horizon, et dans la douce lumière de fin d'après-midi les lignes du paysage perdaient de leur netteté. Les émotions qui tenaillaient Keren lui semblaient devenir tout aussi floues. En moins d'une journée, les convictions qui l'habitaient depuis de longs mois étaient devenues chancelantes. Confuses.

Des pas sur la terrasse lui annoncèrent l'arrivée de Yannis. Elle n'avait pas besoin de tourner la tête pour en être certaine. L'accélération de son pouls le lui disait. S'il existait une vérité inébranlable, c'était bien la manière dont elle était extraordinairement sensible à la présence de cet homme.

L'ombre de sa haute silhouette vint planer sur elle.

— Je t'ai fait couler un bain, dit-il.

Keren leva son visage vers Yannis.

— Vraiment ? lança-t-elle.

C'était une autre des petites choses qu'il aimait faire pour elle, avant que leur histoire ne tombe en poussière.

Il esquissa un sourire en lui tendant la main.

— Je suis bien obligé de saisir toutes les occasions de redorer mon blason, répliqua-t-il.

Posant les pieds sur le bord de la piscine, Keren hésita à attraper sa main. Son cœur battait si violemment qu'elle en sentait les vibrations jusque dans ses os.

Lorsque Yannis noua ses doigts aux siens, elle fut submergée d'une onde de chaleur qui ne fit que rendre encore plus brûlant son épiderme déjà gorgé de soleil. Puis elle se sentit délicatement hissée sur ses pieds.

Une fois debout, Keren fut happée par la lueur intense d'un regard où se bousculaient tant d'émotions qu'elle se sentit transpercée par une douleur aiguë en lisant ce qui s'y affichait. Mais Yannis cligna des paupières et ce fut vite balayé.

Inclinant la tête, il lui déposa un baiser sur le dos de la main. Ce ne fut qu'un effleurement fugace, pourtant le feu qui s'alluma en Keren était aussi ravageur que lorsqu'il avait pris sa bouche.

Promptement, Yannis relâcha sa main et elle lui emboîta le pas, caressant machinalement l'endroit où ses lèvres avaient laissé une marque cuisante. Des papillons géants battaient des ailes dans son estomac, et elle fit appel à toute sa volonté pour mettre un pied devant l'autre.

— Comment ça s'est passé avec Andreas ? s'enquit-elle comme ils entraient dans la villa.

— Mieux que si c'était moi qui avais eu quelque chose à lui reprocher.

Keren sourit. Andreas avait un tempérament bien plus calme que son cadet. Tandis que Yannis fonçait tête baissée, Andreas prenait tout le temps nécessaire pour voir venir. En dépit de leurs différences – ou, peut-être, à cause d'elles – ils étaient aussi proches que peuvent l'être deux frères. L'un comme l'autre se vouait passionnément à l'entreprise.

Andreas était marié à un homme adorable, Pavlos, et tous deux l'avaient accueillie comme une petite sœur.

— Vous avez un plan d'action ? demanda-t-elle.

— Jeanie est invitée à la réception que donnent mes parents demain soir. Andreas lui parlera.

— Tu penses que cela suffira ?

Andreas était en charge de la partie purement artistique de leur affaire. Yannis s'occupait de l'aspect matériel des transactions. Habituellement, lorsqu'il s'agissait de traiter avec un client difficile, les deux hommes unissaient leurs efforts, déployant des trésors de charme et affichant la certitude arrogante que leur société était indiscutablement la meilleure de la planète.

Yannis s'immobilisa, tournant vers Keren une ébauche de sourire et un regard pétillant. De l'index, il suivit le contour de l'oreille de Keren.

— Nous verrons bien, répondit-il. Pour l'instant, je n'ai pas envie de me soucier de cela. Ce qui compte pour moi, ce week-end, c'est que tu es là et je veux tout mettre en œuvre pour te décider à rester. Allons, viens, ton bain va refroidir.

Sentant des picotements parcourir le bord de son oreille, Keren emboîta le pas à Yannis qui attaquait l'escalier. Elle avait l'impression qu'un ballon avait gonflé dans sa poitrine, l'empêchant presque de respirer. Son émotion fut décuplée lorsqu'ils pénétrèrent dans la chambre embaumée de la douce odeur du jasmin.

Impuissante à détacher son regard de Yannis, Keren tendit tous ses muscles pour ne pas laisser libre cours à ses émotions.

Elle mourait d'envie que Yannis la touche. Mais aussi de le toucher à son tour.

Tout à coup lui revint à l'esprit le souvenir de tous ces longs mois au cours desquels il s'était endormi auprès d'elle en lui tournant le dos. Et le fait que la souffrance qu'elle éprouvait en étant ainsi rejetée n'endiguait nullement son envie de lui. À vrai dire, rien n'avait jamais fait obstacle au désir que Yannis lui inspirait.

Pendant toute la durée de leur relation, c'était quelque chose qui n'avait faibli à aucun instant. Même à des moments où Keren haïssait Yannis, elle n'en était pas moins taraudée par un désir ardent. C'était un besoin aussi essentiel que respirer ou se désaltérer. Savoir qu'il ne ressentait pas la même chose, qu'il se détachait progressivement d'elle, avait été un véritable poison. Tandis que cela demeurait la seule émotion qu'elle arrivait encore à percevoir, Yannis avait laissé le désir s'éteindre en lui. Désormais, elle n'était plus ni son amante ni sa confidente. Les confidences sur l'oreiller avaient cessé.

Pourtant, une étrange flamme semblait s'était rallumée dans les magnifiques yeux bleus. Lorsque Yannis la contemplait, il la déshabillait du regard. Ce serait tellement facile de franchir les quelques pas qui les séparaient, de se pendre à son cou pour se hisser sur la pointe des pieds et l'embrasser, puis de se perdre dans la magie de ses caresses.

Ce qui terrifiait Keren, c'était le prix qu'elle paierait.

— Je vais me servir un verre, dit-il. Tu veux quelque chose ?

Déglutissant avec peine, Keren releva le menton en s'efforçant de sourire.

— Non, je te remercie, répondit-elle.

De la main, Yannis désigna la salle de bains.

— Alors, je te laisse profiter de ton bain, conclut-il.

À peine eut-il quitté la chambre que Keren fut envahie par l'envie de le rappeler. Pour lui dire quoi ? Elle n'en savait fichtre rien.

Dans un effort pour se ressaisir, elle inspira profondément, puis gagna la salle de bains. Elle ne l'avait pas remarqué plus tôt, mais cette fois elle constata que son déshabillé était toujours pendu derrière la porte. Enfouissant le visage dans la soie, elle inhala pour y chercher une odeur de propre révélatrice. En vain. Comme si le peignoir n'avait pas quitté sa place depuis dix-huit mois, attendant son retour.

Arrête ! se morigéna-t-elle en son for intérieur. De toute évidence, les affirmations de Yannis avaient fait leur chemin en elle. Qu'il les réitère à plusieurs reprises ne les rendaient pas authentiques pour autant.

Ôtant ses vêtements, Keren les déposa dans le panier à linge. Elle était sur le point d'entrer dans le bain, lorsque son reflet dans l'immense miroir la cloua sur place. C'était la première fois en dix-huit mois qu'elle se voyait entièrement nue.

Sidérée, elle se rapprocha pour mieux étudier les changements qui s'étaient opérés sur son corps.

Keren avait toujours été plutôt menue sans être dépourvue de formes. Aujourd'hui, ses courbes s'étaient atténuées. Son ventre et ses cuisses s'étaient raffermis comme elle ne l'aurait jamais cru possible. Dix-huit mois de navigation – dont quinze seule – avaient tonifié sa musculature et hâlé sa peau jusqu'à une belle nuance dorée. Quant à son visage, il était davantage émacié que ne le révélait le minuscule miroir de l'exigu cabinet de toilette du bateau. Devant ce constat, Keren sentit les larmes monter à ses yeux.

Abaissant les paupières, elle se concentra sur sa respiration jusqu'à ce que son désarroi s'estompe. Puis, avec un dernier coup d'œil sur son image, elle se résolut à sourire en reconnaissant que sa poitrine, au moins, n'avait pas changé.

Se glisser dans la mousse parfumée lui arracha un soupir de bonheur. L'eau était à une température parfaite. Yannis avait bien fait les choses. Prendre un bain était l'un des agréments qui lui manquaient le plus depuis qu'elle vivait sur *Le Sophia*.

La porte s'ouvrit sur Yannis qui apportait un verre de vin blanc.

— Hé ! lança-t-elle d'une voix bien plus étranglée qu'elle ne l'aurait souhaité. Qui t'a permis d'entrer ?

Instinctivement, elle se couvrit la poitrine d'un bras, portant l'autre main à son pubis, quand bien même l'épaisseur de mousse la dissimulait complètement.

Posant le verre sur le rebord de la baignoire, Yannis se pencha au-dessus d'elle. L'aveuglant regard bleu n'était plus qu'à quelques centimètres du visage de Keren.

— Je n'ai besoin d'aucune permission, répliqua-t-il.

Se redressant, il décocha à Keren un sourire tellement chargé de sous-entendus qu'elle se liquéfia et sentit un spasme au cœur de son intimité secrète.

Elle ouvrit des yeux ronds en voyant qu'il commençait à retirer son T-shirt.

— Qu'est-ce que tu fais ? s'exclama-t-elle.

Il lui adressa un clin d'œil avant de faire passer le vêtement par-dessus sa tête.

— Je vais juste me doucher, expliqua-t-il.

Keren eut du mal à reprendre son souffle pour protester :

— Mais ce n'est pas possible ! Tu vois bien que je prends un bain.

Tournant vers elle un visage goguenard, Yannis haussa les sourcils.

— Peut-être voudrais-tu que je te rejoigne ? lança-t-il.

— Non !

— Tu en es sûre ?

— Absolument !

Ce n'était pas facile pour Keren de feindre une fermeté qu'elle était loin de ressentir. Car elle était assaillie par les souvenirs des nombreux moments où ils avaient partagé un bain.

— Et que fais-tu du respect de l'intimité ? ajouta-t-elle.

— Si tu y tenais tant, pourquoi ne pas avoir verrouillé la porte ? rétorqua Yannis en portant les mains à la ceinture de son short.

Avant qu'elle ne trouve quoi répondre, il s'en était débarrassé avec une aisance nonchalante qui coupa le souffle à Keren. C'était la première fois en deux ans qu'il se montrait devant elle dans le plus simple appareil.

Avec la même décontraction, Yannis traversa la pièce pour entrer dans la douche à l'italienne et faire ruisseler l'eau sur son corps superbe. Cette fois, les images qui envahirent l'esprit de Keren étaient autrement plus grisantes que de leurs bains en commun.

Lorsqu'ils se rejoignaient dans la vaste baignoire, c'était pour des expériences aussi ludiques que sensuelles – partageant une bouteille de vin tout en se taquinant l'un l'autre, se prodiguant mutuellement d'excitantes agaceries… Dans la douche, ils se livraient à des ébats bien plus effrénés.

L'esprit saturé de visions étourdissantes surgies du passé, confrontée à la proximité de celui avec lequel elle avait partagé ces expériences et qui s'obstinait à l'ignorer superbement tandis qu'il se savonnait avec application, Keren sentit s'aviver le feu qui couvait en elle.

Il n'était pas un centimètre carré de sa peau qui ne fourmillait de l'envie que le poids du corps de Yannis vienne remplacer la pression de l'eau.

Ce fut à cet instant qu'il dirigea son regard vers elle, la surprenant en pleine contemplation. La gorge nouée, Keren fut submergée par une honte cuisante.

Cependant, une fièvre de nature bien différente l'envahit lorsqu'elle cessa de le dévisager pour se rendre compte qu'il arborait une puissante érection.

Au comble de la frustration, elle se pinça le nez entre le pouce et l'index, puis se laissa entièrement glisser sous l'eau. Ce fut seulement à partir de l'instant où ses poumons crièrent à l'aide qu'elle émergea.

Yannis était accroupi au bord de la baignoire et posait sur elle un regard amusé.

— J'ai bien cru que j'allais devoir te faire du bouche-à-bouche, dit-il avec un petit sourire entendu.

Sans réfléchir, Keren fit un geste de la main pour projeter de la mousse vers lui. De longs doigts enserrèrent son poignet, et les yeux bleus étincelèrent d'un éclat malicieux.

— Est-ce que tu veux jouer, *glyko mou* ? demanda Yannis en approchant le visage du sien.

Absorbée dans les profondeurs de ces deux lacs céruléens, Keren laissa le moment s'étirer. Les battements désordonnés de son cœur étaient les seuls bruits sourds à ses oreilles, tandis que le monde entier se réduisait à la personne de Yannis.

Lui aussi semblait respirer avec peine, car les mouvements saccadés de sa cage thoracique étaient distinctement perceptibles. Il la dévorait des yeux, et son souffle venait caresser les lèvres de Keren.

Elle abaissa les paupières, alors même que sa bouche salivait déjà et que tout son corps s'enflammait dans l'attente du baiser. Mais, avant que la fusion ne s'accomplisse, l'étreinte se desserra autour de son poignet, et un souffle d'air frais caressa son visage. Ouvrant les yeux, Keren constata que Yannis s'était levé.

Il noua une serviette sur ses reins, puis se dirigea nonchalamment vers la porte en tournant la tête vers elle. Un demi-sourire s'affichait sur ses lèvres.

— Lorsque nous reprendrons nos jeux amoureux, dit-il, ce sera parce que tu auras fait le premier pas.

Puis, disparaissant dans la chambre, il lança :

— N'oublie pas de boire ton verre de vin.

Ce fut seulement après une bonne vingtaine de minutes que Keren jugea ses jambes assez solides pour oser s'extraire du bain, désormais glacé. Les murs de la villa étaient tellement épais qu'elle n'avait aucun moyen de savoir si Yannis l'attendait dans la chambre. Après s'être séchée, elle s'enroula dans son vieux déshabillé puis rassembla tout son courage pour y entrer.

Vêtu d'un pantalon de toile noire et d'un polo assorti, Yannis était allongé sur le lit. Adossé au mur, ses longues jambes croisées au niveau des chevilles, il lisait quelque chose sur l'écran de son téléphone.

Un seul coup d'œil dans sa direction suffit à Keren pour sentir ses jambes flageoler. Lorsqu'il la gratifia de l'un de ses sourires carnassiers, elle eut l'impression que le reste de son corps se transformait en gelée.

— Il était temps ! dit-il. J'allais venir m'assurer que tu étais toujours vivante. Le dîner sera servi dans une demi-heure sur notre terrasse.

L'entendre mentionner *leur* terrasse serra le cœur de Keren. Se contentant d'un bref hochement de tête, elle se précipita dans son dressing-room et prit bien garde d'en verrouiller la porte.

À vrai dire, pendant qu'elle macérait dans son bain, elle n'avait cessé de se demander pour quelle raison elle n'avait pas fermé la salle de bains à clé.

Inconsciemment, avait-elle espéré que Yannis l'y rejoindrait ?

En tous les cas, Keren avait la sensation que la totalité de son épiderme reprenait vie. Le sang bouillonnait dans ses veines. Des émotions et des désirs qu'elle n'avait pas éprouvés depuis longtemps renaissaient en elle – comme des graines cachées dans la terre attendant que le printemps les ranime.

Pour elle, Yannis avait représenté à la fois le printemps, l'été et l'automne rassemblés en une seule et flamboyante saison. Il avait fait éclore la femme qu'elle était, baignant le monde autour d'elle de soleil et de couleurs vives.

Puis était venu l'hiver, et les fleurs multicolores s'étaient fanées, ne laissant que des épines.

Avec un grand soupir, Keren fit glisser l'une des portes des placards. Peu importait le désir que lui inspirait Yannis. Revivre pareil hiver serait au-dessus de ses forces.

Les vêtements toujours suspendus sur leurs cintres éveillèrent aussi bien des souvenirs en elle. Certains lui rappelaient des heures sombres, néanmoins bon nombre d'entre eux faisaient chanter son cœur.

Elle se décida pour une jupe d'un rouge vif, au look bohème, qu'elle associa à un débardeur blanc, dévoilant quelques centimètres de son ventre plat. Une fois qu'elle eut discipliné ses cheveux encore humides, elle ouvrit le tiroir de sa coiffeuse qui contenant ses produits de maquillage. Là non plus rien n'avait bougé. Depuis son départ de la villa, Keren ne s'était plus jamais fardée. Cela lui sembla étrange de brosser ses cils avec du mascara, et son rouge à lèvres préféré lui parut enduire sa bouche d'une substance bizarre.

Remplacer les petits diamants qu'elle portait aux oreilles par quelque chose de plus voyant aurait signifié qu'elle franchissait une frontière supplémentaire, ce à quoi Keren ne pouvait se résoudre. Car Yannis l'avait couverte de cadeaux constituant une vaste collection de bracelets et de boucles d'oreilles, tous abandonnés derrière elle lors de sa fuite. Elle n'avait gardé que ces étoiles en diamants offertes par ses parents à l'occasion de son dix-huitième anniversaire.

Pour une fois, ils avaient choisi ce vers quoi elle les avait habilement dirigés alors qu'elle craignait de recevoir encore une fois un présent convenant à sa sœur Diane – laquelle n'était pas un coucou tombé par erreur dans le nid des Burridge, elle.

Pour sa part, Yannis n'avait jamais eu besoin que Keren ne l'oriente dans ses choix. Il savait exactement ce qu'elle aimerait. Et elle se devait d'admettre que, en dépit des critiques qu'il lui arrivait de formuler quant aux tenues qu'elle choisissait parfois, il avait toujours apprécié son apparence.

Peut-être disait-il vrai en affirmant qu'il ne se souciait que de la protéger des haussements de sourcils des élégantes de la haute société de l'île ? Et de ceux de Nina, sa mère, avant tout.

Le premier contact de Keren avec cette dernière restait un souvenir cuisant, quand bien même Yannis lui avait dit à quoi elle devait s'attendre : Nina et Aristidis Filipidis avaient espéré une autre belle-fille.

Lorsque, en larmes, elle s'était ouverte à Yannis de son sentiment d'humiliation, il s'était mis en colère contre sa mère, se disant prêt à aller l'affronter sur-le-champ. Ce dont Keren l'avait, bien sûr, dissuadé. Mais elle était certaine qu'il lui avait touché un mot de la situation, car Nina n'avait jamais réitéré ce genre de commentaires sur les tenues de sa bru.

Keren ne pouvait nier que Yannis détestait la voir malheureuse.

Serrant les dents, elle prit une profonde inspiration. N'en venait-elle pas à tempérer les jugements qu'elle portait à l'encontre de Yannis au point de lui trouver des excuses ?

Elle ne devait pas oublier la façon dont il s'était mis à la considérer comme un meuble, pour aller chercher ensuite un réconfort affectif auprès d'une autre.

Rappelant à l'ordre sa détermination par trop affaiblie, Keren regagna la chambre.

Il n'y avait plus trace de Yannis, hormis le creux que son corps avait laissé sur le lit. Elle laissa son regard s'y attarder, luttant pour ne pas poser la main dessus à la recherche d'un vestige de chaleur.

7.

Le parfum des frangipaniers était un des préférés de Keren. Avec celui du jasmin. La terrasse privée, sur laquelle ils étaient installés, en était tout embaumée.

Cet espace, entouré de buissons odorants et orienté pour profiter des derniers rayons du soleil, offrait une intimité romantique. La vue sur la mer Égée était d'une beauté à couper le souffle.

Yannis et Keren y avaient passé de longues heures à l'abri des regards. Seuls au monde. C'était une enclave qui leur était réservée, et où ils n'invitaient jamais personne.

Si Yannis avait demandé que le dîner leur soit servi en ce lieu, ce n'était pas un hasard. Ce décor était censé leur rappeler les jours heureux ; ces moments où seuls comptaient la présence de l'autre et le désir qui les dévorait.

Même si elle ne s'en reconnaissait pas le droit, Keren espérait que Yannis n'avait jamais invité une autre femme dans ce paradis. L'imaginer assis à cette table avec une autre, ou sur la balancelle toute proche, la rendait malade.

Mieux valait ne pas trop s'attarder sur les souvenirs que l'endroit suscitait en elle, décida Keren en avalant d'un trait son petit verre d'ouzo. Cet apéritif était l'une des traditions auxquelles Yannis l'avait initiée, et elle l'avait volontiers adoptée.

La table était garnie de tout un assortiment de mets chauds et froids – le typique *mezze* grec – servis dans de petites coupelles. Légumes grillés, feuilles de vigne farcies, tarama, boulettes, salade de tomates et feta, samossas en délicate pâte filo…, autant de délices que Keren et Yannis avaient toujours partagé avec un égal ravissement.

De la même manière, le menu avait été choisi par Yannis pour raviver en Keren de tendres souvenirs. Et la séduire.

Or, il y réussissait de mieux en mieux au fur et à mesure que les minutes s'écoulaient. Comment n'aurait-elle pas été envoûtée par le regard bleu d'azur dardé sur elle, la voix enjôleuse, et même la tenue choisie avec soin ?

Keren se rappelait avoir confié à Yannis qu'elle le trouvait particulièrement sexy lorsqu'il était vêtu de noir. Ce n'était certainement pas fortuit s'il portait une chemise de cette teinte, déboutonnée au col, et un pantalon assorti, moulant ses cuisses fuselées et son fessier haut et ferme sur lequel elle avait adoré promener ses paumes.

Tout aurait été plus facile si elle avait pu demeurer insensible à son charme. Malheureusement, chaque fois qu'elle posait les yeux sur Yannis, il lui semblait que de la lave en fusion courrait dans ses veines. Son thermostat interne était réglé sur le maximum !

En dépit de tout l'arsenal de moyens de séduction qu'il avait déployé, Yannis ne tentait aucun rapprochement physique. Le guéridon en fer forgé avait beau ne pouvoir accueillir que deux personnes, assises près l'une de l'autre, le grand corps athlétique n'effleurait à aucun moment le sien. Même leurs doigts ne se frôlaient pas. Le problème était qu'au lieu d'en être soulagée Keren mourait d'envie de nouer ses jambes à celles de Yannis, comme ils avaient coutume de le faire autrefois. Se l'interdire était un supplice.

— Comment as-tu appris à naviguer ? s'enquit-il en remplissant le verre de Keren.

C'était la première question personnelle à laquelle il se hasardait. La première fois qu'il évoquait la vie qu'elle menait loin de lui.

Le ton sur lequel Yannis avait parlé était dépourvu de tout sous-entendu acide, aussi Keren se sentit-elle suffisamment en confiance pour raconter.

— J'ai rencontré un couple d'Américains, à la Barbade, qui a eu la gentillesse de m'accueillir sur son voilier pour m'initier. Lola et Eddie m'ont tout appris. Ils m'ont même aidée à trouver mon propre bateau le moment venu, et à le retaper de manière que je sois certaine de naviguer en sûreté.

— Pourquoi ne pas en avoir acheté un neuf ?

— C'était au-dessus de mes moyens.

Keren vit une légère crispation affecter le beau visage tourné vers elle. Yannis était-il en train de prendre conscience qu'il l'avait laissée absolument sans ressources tout au long des dix-huit mois de leur séparation ? Était-ce une pointe de culpabilité qui le titillait ?

Certes, ce n'était pas la même chose de chercher à nuire à quelqu'un qui se trouvait à l'autre bout du monde que d'être assis en face de la personne en question. Keren en était d'autant plus persuadée qu'elle vivait exactement la même expérience. Tout à coup, le Yannis de chair et d'os n'avait plus grand-chose de commun avec le monstre qu'elle avait voulu voir en lui à distance…

Seigneur ! N'était-elle pas en train de se laisser attendrir ? Et d'une façon qui n'avait plus grand-chose à voir avec le simple désir physique. C'était son cœur qui mollissait !

Affolée de constater pareil changement en elle, Keren avala une gorgée de vin avant de se hâter d'ajouter :

— De toute façon, les bateaux anciens présentent plus d'avantages que les neufs pour les longs voyages en mer. Ils sont plus solides et plus faciles à réparer si quelque chose se casse.

Pendant quelques secondes, Yannis la contempla d'un air dubitatif. Dans son monde, il était clair que l'on donnait systématiquement la préférence à ce qui était neuf et cher.

Il inspira puis prit une gorgée de vin, laissant ses yeux errer sur la poitrine de Keren avant de plonger dans les siens un regard brillant de malice.

— J'adorerais te voir en combinaison de mécanicien, avec une boîte à outils en main, dit-il.

— Ah, bon ? Parce ce que tu sais ce qu'est une boîte à outils, toi ?

À peine eut-elle lancé cette remarque moqueuse que Keren s'en voulut. Voilà que même sa voix trahissait le fléchissement de sa détermination à détester Yannis !

Il haussa un sourcil amusé.

— Tu sembles oublier que tous les hommes sont particulièrement fiers de leur boîte à outils, *glyko mou*, railla-t-il. Surtout, n'hésite pas à te servir de la mienne si le cœur t'en dit !

L'allusion fit toussoter Keren. Serrant étroitement les jambes, elle chercha en vain une repartie décente. Pour faire diversion, elle se hâta d'enfourner un morceau de poivron grillé.

Souriant malicieusement, Yannis piqua une boulette avec sa fourchette et mordit résolument dedans, vrillant sur Keren un regard lourd de sous-entendus.

Dans l'espoir d'étouffer le feu qu'il éveillait en elle et qui lui mettait le rouge aux joues, Keren prit une longue gorgée du vin blanc vif et fruité qu'il lui avait servi.

— Tu te sens bien, *glyko mou* ? demanda Yannis. Tu as l'air d'avoir très chaud.

— Il fait chaud, ce soir, non ? parvint à rétorquer Keren.

L'air narquois, Yannis se pencha pour prendre le verre à pied de Keren entre deux doigts.

— Est-ce que tu navigues toujours seule ? s'enquit-il pendant qu'il le remplissait.

Cette capacité qu'il avait à changer de sujet de conversation en un éclair déboussolait Keren.

— Oui, répondit-elle d'une voix étranglée.

— Et ce n'est pas dangereux ? Tu pourrais rencontrer des hommes au comportement prédateur, j'imagine.

— J'en ai croisé davantage sur terre qu'en mer, répliqua Keren, l'air pincé.

Un petit sourire amusé flotta sur les lèvres de Yannis, tandis qu'il reposait le verre devant elle.

— Ainsi, tu n'as jamais peur ? insista-t-il.

Ses longs doigts fins étaient si proches des siens que Keren dut se faire violence pour garder une pensée cohérente.

— Je ne dis pas cela, répondit-elle. Il m'est arrivé d'affronter quelques grains assez impressionnants. Mais, tant que je ne m'affole pas et que je manœuvre calmement, je suis en sécurité. Non, il y a bien d'autres choses qui me font peur.

— Quoi, par exemple ?

Mes sentiments pour toi !

— Les araignées.

À la façon dont les lèvres de Yannis s'incurvèrent, Keren eut la certitude qu'il n'était pas dupe de cette réponse bancale.

— Tu dois parfois te sentir très seule sur ton bateau, non ?

— Il y a tellement de choses à faire que l'on n'a pas le temps de s'ennuyer. Et toi ? Est-ce que tu as un peu navigué au cours de ces dix-huit mois ?

Keren avait absolument besoin que la conversation cesse de rouler sur elle-même et sur sa vie. Elle ne pouvait se laisser aller à confier le sentiment de solitude qui l'étreignait par les longues nuits de calme plat où rien ne venait la distraire du souvenir de Yannis et du manque cruel que lui causait son absence. Dans ces moments-là, la conscience de tout ce qu'elle avait perdu la plongeait dans une souffrance abyssale.

Yannis lui opposait, maintenant, une expression fermée.

— Un peu, fit-il

— Où es-tu allé ?

Il haussa les épaules.

— Nulle part où tu ne sois allée toi-même, je suppose…

L'air pensif, il mordilla un morceau de pomme de terre au bout de sa fourchette, puis ajouta :

— Tu te souviens que nous disions que nous ferions le tour du monde, à la retraite ?

Une vague de tristesse submergea Keren.

— Nous caressions de nombreux rêves impossibles, souffla-t-elle.

— Ce n'étaient pas des rêves impossibles !

Keren s'obligea à adopter un ton léger pour rétorquer :

— Tu oublies que tu es un Filipidis, Yannis. Comme tes parents, tu te figures qu'on ne peut explorer le vaste monde que sur un bateau à peine plus petit qu'un paquebot, entouré d'un équipage pléthorique. Ce n'est pas ma vision de l'aventure, loin des sentiers balisés.

— Rien n'empêche de faire ça à bord de *L'Amphitrite*.

Pour un peu Keren aurait éclaté de rire. Elle n'avait pas oublié à quel point elle avait été impressionnée lors de son premier week-end sur le yacht de Yannis. Certes, elle s'était attendue à quelque chose de somptueux, mais la réalité était bien au-delà de ses fantasmes les plus fous. Ce qu'elle avait découvert tenait plutôt d'un palace flottant que d'une embarcation.

— Crois-moi, mon cœur, ton yacht est bien trop gros pour ça, répliqua-t-elle. Il ne pourrait jamais accéder aux criques les plus paradisiaques.

Elle s'apprêtait à mordre dans une feuille de vigne farcie, lorsqu'elle se rendit compte que Yannis s'était figé.

— Qu'est-ce qu'il y a ? demanda-t-elle après avoir avalé. J'ai dit quelque chose qui t'a blessé ?

Le sourire qu'il lui retourna avait quelque chose de profondément mélancolique.

— Oh ! non, *glyko mou*, souffla-t-il. Tu ne m'as nullement blessé.

Ce fut seulement en entendant Yannis utiliser le petit nom affectueux qu'il avait coutume de lui donner que Keren réalisa qu'elle en avait fait de même avec lui.

Mon cœur, elle l'avait appelé mon cœur !

Seigneur ! Il n'y avait pas que sa voix qui la trahissait. Voilà que ses paroles étaient tout aussi révélatrices de son changement d'humeur. C'était affreux. Proprement terrifiant.

Consciente d'avoir rougi jusqu'à la racine des cheveux, Keren enfourna la feuille de vigne dans sa bouche, et regarda ailleurs.

— Je sais ce que tu veux dire quand tu me rappelles que je suis un Filipidis, déclara Yannis d'un ton désolé.

Soulagée qu'il ne pousse pas plus loin l'avantage, Keren se risqua à le regarder en face. L'expression déconfite de son beau visage gonfla son cœur d'émotion.

— J'ai toujours suivi le même chemin que mes parents, enchaîna Yannis. Andreas et moi avons étudié dans la même école que notre père. Puis nous avons intégré l'université où il avait été inscrit. Tout cela dans l'idée que nous lui succéderions à la tête de l'affaire familiale lorsqu'il prendrait sa retraite. Et je n'ai jamais eu envie de faire quoi que ce soit d'autre, peut-être parce que le poids de cinq cents ans d'histoire pesait sur mes épaules.

— Imagine que tu te réveilles, un matin, pour découvrir que tu es obligé de redémarrer à zéro. Que le Cabinet Filipidis n'existe plus. Que choisirais-tu de faire ?

L'air pensif, Yannis prit une gorgée de vin.

— Je n'en ai aucune idée, répondit-il. Mon travail me satisfait entièrement, et il n'y a rien dans ma vie que je souhaiterais changer. Hormis dans ma vie amoureuse, bien sûr. La seule chose qui me manque, c'est de ne pas avoir ma chère épouse à mes côtés. Celle que j'ai choisie.

Pour la première fois de la soirée, Keren avait réussi à se détendre. Aussi, ce fut en levant les yeux au ciel d'un air narquois qu'elle rétorqua :

— Ne dis pas n'importe quoi, veux-tu ?

— Je suis très sérieux, rectifia Yannis. Te prendre pour femme est le seul pas de côté que je me suis autorisé par rapport au chemin tout tracé pour moi.

— Tu n'as fait que suivre l'exemple de ton frère. On peut dire qu'il avait eu une sacrée audace en épousant un homme.

Pavlos avait beau être un pur produit de la bonne société d'Agon, Nina et Aristidis avaient dû faire appel à toute leur ouverture d'esprit pour l'accepter au sein de la famille.

— Tu oublies que Pavlos est un gendre modèle, ironisa Yannis.

Tout à coup, Keren réalisait à quel point leur complicité lui avait manqué – la façon dont tous deux s'entretenaient de tout et n'importe quoi, passant du plus sérieux à l'absurde au milieu d'une phrase. En d'autres temps, elle avait souvent pensé que Yannis était la seule personne au monde à être sur la même longueur d'onde qu'elle. Se rendre compte que c'était peut-être encore le cas lui brisait le cœur.

— Je reconnais qu'Andreas avait mis la barre assez haut, dit-elle. Néanmoins, annoncer à tes parents que tu liais ton sort à celui d'une parfaite étrangère n'était certainement pas facile.

Aujourd'hui, Keren prenait conscience que cela avait dû être bien plus difficile qu'il ne le lui avait laissé croire.

Le regard bleu cobalt se vrilla au sien, et Yannis se laissa aller contre le dossier de sa chaise.

— J'avais la certitude que nous étions faits l'un pour l'autre, dit-il. Mes parents ne seraient pas parvenus à me convaincre de renoncer à toi.

Il s'interrompit pour dévisager Keren avec un sourire qui n'était pas exempt d'une certaine tension.

— Si seulement je pouvais te faire comprendre ce que notre rencontre a représenté pour moi ! reprit-il. Je ne nie pas que ma vie me convenait parfaitement. Je n'avais jamais manqué de rien. Ma famille, mon travail, mes connaissances me rendaient pleinement heureux. Cependant, lorsque je t'ai vue pour la première fois, il m'a sauté aux yeux que tu étais différente de tous les gens que j'avais côtoyés jusque-là. Dans le monde où je gravite, tout est toujours… calculé. Tu comprends ce que je veux dire ?

Keren n'en avait qu'une très vague intuition, aussi secoua-t-elle la tête avec véhémence.

Sans la quitter des yeux, Yannis se frotta la nuque.

— Mes semblables sont constamment animés par le désir de se positionner socialement, enchaîna-t-il. Chacun cherche à grimper les échelons, à être dans les premiers rangs des cercles branchés. Du coup, tout le monde agit dans un respect absolu des mêmes codes. Je ne m'en étais pas rendu compte avant de te rencontrer.

Se penchant vers Keren, Yannis posa une main tout près

de la sienne. Lorsqu'il poursuivit son explication, ce fut sur un ton tellement enjôleur qu'il en devenait hypnotique.

— Tu étais totalement différente de tous ces gens-là, *glyko mou*. Dans cette exposition, tu te déplaçais sans but, t'arrêtant pour étudier un tableau parce qu'il retenait ton attention et non parce qu'il était de bon ton de le faire. Tu étais parfaitement à l'aise, même sans la moindre compagnie à tes côtés. On voyait que tu étais bien dans ta peau, que tu jouissais de ta liberté comme je n'avais jamais vu personne le faire. J'ai tout de suite compris qu'il ne devait pas être chose aisée d'attirer dans ses filets une fille aussi indépendante et pleine de vie. Et, surtout, de la retenir. Mais, quand tu as posé les yeux sur moi, c'était trop tard. J'étais pris au piège !

Keren n'avait pas oublié les picotements qui l'avaient aiguillonnée lorsqu'elle avait eu l'impression persistante d'être observée, ni le moment où elle s'était tournée pour découvrir Yannis, appuyé contre un mur, ses yeux bleu azur fixés sur elle. Leurs regards s'étaient vrillés l'un à l'autre, et les fourmillements s'étaient intensifiés, gagnant tout son corps. Pour elle aussi, il avait suffi de cet échange muet, et c'en était fait.

Or, voilà que le même feu se répandait sur son épiderme, tant elle mourait d'envie qu'il y pose les mains.

Il aurait suffi que Keren déplace son petit doigt d'un centimètre pour établir ce contact désiré. Yannis avait bien dit qu'il attendrait qu'elle fasse le premier geste.

Cette fois, elle ne pouvait lui objecter qu'il n'avait pas fini de patienter, car son visage cramoisi devait clairement indiquer qu'elle était sur le point de craquer.

— Tu te souviens de m'avoir reproché de te ligoter dans une camisole de force ? demanda Yannis en la capturant dans le double faisceau de son regard céruléen.

Envoûtée, incapable de prononcer le moindre mot, Keren se contenta de hocher la tête.

— Eh bien, poursuivit Yannis, notre rencontre m'a permis de comprendre que c'était *moi* qui étais prisonnier d'une camisole dont on m'avait entouré dès ma naissance. Simplement, je n'avais jamais perçu à quel point elle m'enserrait étroitement. C'est toi qui m'en as délivré.

Les effets de cette déclaration étaient si ravageurs que Keren eut un mal fou à ne pas déplacer son petit doigt pour aller chercher celui de Yannis.

Non ! s'intima-t-elle *in petto.* Elle ne chuterait pas dans le piège qu'il lui tendait délibérément !

Yannis cherchait à la séduire une nouvelle fois pour qu'elle retombe dans son lit et qu'ils reprennent une vie commune. Pour ce faire, il mettait en œuvre ses talents de beau parleur, et ce magnétisme viril auquel il savait pertinemment que Keren avait toutes les peines du monde à résister.

Ne maîtrisait-il pas à la perfection l'art de lui donner le sentiment d'être spéciale ? D'être la seule femme qui compte à ses yeux ?

Cela avait été vrai par le passé. Avant qu'il se mette à agir en seigneur et maître, ayant tout pouvoir sur sa petite femme. Avant qu'il lui tourne le dos et aille chercher un réconfort moral – et peut-être physique – auprès d'une autre.

Mais comme Keren aurait aimé qu'il dise vrai en prétendant éprouver encore de tendres sentiments pour elle ! Comme elle aurait souhaité pouvoir lui faire confiance, et croire qu'il ne s'agissait pas simplement de satisfaire son orgueil blessé !

Elle avait eu bien raison de mettre autant de distance que possible entre eux depuis qu'elle l'avait quitté. Car l'effet que Yannis produisait sur elle était aussi fort qu'au jour de leur mariage. Et c'était comme un volcan endormi sur le point de se réveiller. La plus grande crainte de Keren était que l'éruption soit imminente.

8.

En proie à la panique croissante que faisait monter en elle le sentiment d'être prête à laisser libre cours à ses émotions, Keren se pencha par-dessus la table pour presser, d'un doigt tremblant, le bouton de la sonnette qui reliait leur petit sanctuaire aux cuisines.

Yannis la gratifia d'un regard pénétrant.

— Aurais-tu besoin d'un soutien, *glyko mou* ? s'enquit-il.

Tant de perspicacité fit, une nouvelle fois, monter le rouge aux joues de Keren. Elle tourna vers Yannis un sourire pincé.

— J'ai juste envie d'une tasse de thé, objecta-t-elle.

Yannis haussa un sourcil.

— Ah oui ! fit-il. Ce breuvage insipide que tu bois avec un nuage de lait et sans sucre, n'est-ce pas ?

Étonnée qu'il se souvienne aussi bien de ses goûts, Keren hocha la tête.

— Décidément, répliqua-t-elle, tu as une mémoire d'éléphant !

Il lui lança un clin d'œil entendu, avant de riposter d'un ton narquois :

— La mémoire, en effet, mais aussi une certaine... extrémité, j'oserais dire...

Cette fois, le visage de Keren s'empourpra jusqu'à la racine des cheveux. Elle en était encore à chercher une repartie satisfaisante lorsqu'un membre du personnel apparut. Encore un inconnu pour elle.

À la requête que Yannis formula dans leur langue maternelle, l'homme ouvrit des yeux ronds. Manifestement, c'était la première fois qu'on lui demandait de préparer du thé. Ce fut avec une mine soucieuse qu'il débarrassa leurs assiettes, avant de tourner les talons.

Une fois que Yannis et elle furent à nouveau seuls, Keren éprouva la tentation de se resservir un verre d'ouzo pour calmer ses nerfs, tant le sentiment d'intimité lui semblait difficile à affronter.

Mais elle avait assez bu pour la soirée. Encore un peu et ses inhibitions seraient mises à mal. Elle risquerait de se laisser aller à des choses qu'elle ne manquerait pas de regretter ensuite. De plus, Yannis n'ignorait pas qu'elle était sur le point de succomber.

Intérieurement, Keren se désola qu'une journée en sa compagnie lui ait suffi pour en arriver là.

Comment allait-elle résister pendant les deux jours qu'il lui restait à passer à la villa ?

Pour l'instant, il était impératif qu'elle se ressaisisse. Une fois qu'elle aurait bu son thé, elle irait directement se…

Se coucher !

Keren eut l'impression que son cerveau se liquéfiait.

Yannis n'espérait quand même pas qu'elle partage son lit ?

Leur lit !

Cherchant désespérément à aborder des propos sans danger, elle demanda :

— Que s'est-il passé avec les membres du personnel que j'ai connus ? On dirait qu'ils ont tous disparu.

Le visage de Yannis se figea dans l'expression impénétrable qu'il adoptait chaque fois qu'un sujet de conversation lui déplaisait. Keren s'en étonna. Il avait toujours eu la réputation d'être un bon patron, et son personnel de maison lui était dévoué. Elle ne voyait pas où le bât blessait.

Après quelques interminables secondes, Yannis répondit :

— Ils ont dû partir.

— Mais pourquoi ?

— Tu le sauras si tu reviens vivre avec moi.

Keren esquissa une moue qui se voulait irritée. Sans grand succès.

— Belle tentative ! lâcha-t-elle.

— Ce ne sera pas la dernière.

— Alors, tu n'as pas fini d'être déçu.

Posant un coude sur la table, Yannis appuya le menton sur sa paume. Il y avait dans son regard une lueur malicieusement troublante qui fit naître un tressaillement au creux du ventre de Keren.

— Qui essaies-tu de convaincre de cela ? Toi ou moi ?

Deux domestiques firent leur apparition. Sur un plateau, l'un portait une théière et une tasse destinées à Keren, ainsi qu'un café pour Yannis. L'autre déposa sur la table une jatte de mousse au chocolat. Identique à celle subtilisée le matin même par Keren.

Elle avait l'impression que cela remontait à plusieurs jours.

Une fois qu'ils se retrouvèrent à nouveau seuls, Yannis s'empara du récipient qu'il protégea de son bras replié.

— Tu en veux ? s'enquit-il comme Keren tendait sa coupelle.

Elle hocha la tête.

— Bien sûr !

— Pourtant, ce matin, tu ne m'en as pas laissé.

— J'aurais partagé si tu m'avais trouvée plus tôt.

— Dis plutôt que nous nous serions battus comme autrefois.

Se bagarrer pour le partage d'une mousse au chocolat faisait autrefois partie des amusements auxquels ils s'adonnaient fréquemment. Le plus souvent, cela se terminait par une bonne douche afin d'éliminer les quelques traces qu'ils n'avaient pas léchées sur le corps de l'autre.

C'étaient là des souvenirs heureux. Parfaits. Innocents.

Keren sentit une vague de chaleur la submerger.

— Contente-toi de remplir ma coupe, ordonna-t-elle.

Avant de connaître Yannis, Keren ne raffolait pas du chocolat. Mais la dépendance qu'il éprouvait à l'égard de cette douceur avait fini par déteindre sur elle.

— C'est plutôt toi que j'aimerais… emplir…, fit-il.

— Est-ce que tu pourrais cesser tes allusions grivoises ?

— Pourquoi ? Est-ce qu'elles t'excitent à ce point-là ?

Si tu savais à quel point...

— Tu peux toujours rêver !

— De t'exciter ? Tu ne crois pas si bien dire, *glyko mou* !

— Oh ! arrête un peu, s'il te plaît !

Avec un petit sourire satisfait, Yannis tendit son dessert à Keren puis planta sa cuillère dans la coupe en cristal.

— Tu vas vraiment manger tout ça ? demanda Keren.

Sans la quitter des yeux, Yannis enfourna une cuillère de mousse entre ses lèvres sensuelles, ensuite il la retira très lentement. Son regard étincelait.

— Aurais-tu envie de me disputer ce qu'il reste ? susurra-t-il.

Levant les yeux au ciel, Keren eut toutes les peines du monde à réprimer un sourire.

Décidément, cet homme ne se décourageait jamais ! songea-t-elle.

Une fois qu'elle eut terminé son dessert et bu son thé, elle repoussa sa chaise et se leva.

— Je vais me coucher, annonça-t-elle.

Les prunelles d'azur brillèrent encore plus intensément.

— C'est une excellente idée, répliqua Yannis.

— Seule, précisa Keren avec insistance.

Un sourcil brun dessina un accent circonflexe, et ce fut sur un ton délibérément suave que Yannis demanda :

— Aurais-tu l'intention de reprendre nos petits jeux de cache-cache ?

Le cœur de Keren se mit à battre la chamade, tambourinant à ses oreilles. Elle savait pertinemment à quoi Yannis faisait référence. Dans le regard qui soutenait le sien, elle lut qu'il n'en doutait pas.

Parmi les jeux érotiques auxquels ils avaient adoré se livrer, il en était un qui consistait à ce que Keren se cache dans l'une des multiples pièces de la villa et qu'il se lance à sa recherche. Ni l'un ni l'autre n'avait oublié la fois où elle avait attendu qu'il la retrouve sur le grand fauteuil de son dressing, offerte, dans le plus simple appareil.

Il s'en était suivi un épisode d'une telle lascivité qu'à seulement y repenser Keren en était tout émoustillée. Lorsqu'ils avaient enfin été rassasiés l'un de l'autre, elle était si pantelante que Yannis avait dû la porter jusqu'à leur lit.

Le silence lourd de sous-entendus s'étira interminablement, dans une tension de plus en plus palpable. Puis Keren vit palpiter les narines de Yannis et sa poitrine se gonfler.

— À toi de faire le premier pas, *glyko mou*, souffla-t-il.

Alors, il planta l'index dans la mousse au chocolat, avant de le lécher lentement, d'une manière follement provocante.

Faisant précipitamment volte-face, Keren s'enfuit pour trouver refuge à l'intérieur de la villa.

Lorsque Yannis pénétra dans la chambre, il demeura un instant la main posée sur la poignée de la porte en découvrant Keren blottie sous la couette.

Lentement, un sourire illumina le beau visage.

— Eh bien, tu as fini par décider de passer la nuit avec moi, à ce que je vois…, dit-il. Voilà qui est intéressant.

— Non, Yannis ! répliqua Keren. J'ai simplement décidé de partager le lit conjugal. Pour la bonne raison que je n'ai aucune intention de me livrer aux jeux que tu as en tête.

— Comme tu voudras.

— Que ce soit bien clair : tu resteras de ton côté du lit, et moi du mien.

— Évidemment.

Yannis entreprit de faire passer sa chemise par-dessus sa tête, mais Keren l'interpella aussitôt.

— Est-ce que tu pourrais faire ça dans la salle de bains ?

Sans tenir compte de cette sommation, il défit le bouton qui fermait la ceinture de son pantalon.

— Pourquoi ? lança-t-il. Ce n'est pas comme si tu ne

m'avais jamais vu nu. De plus, tu n'avais pas les yeux dans ta poche quand j'ai pris une douche, tout à l'heure…

D'un seul mouvement, il fit glisser pantalon et boxer le long de ses hanches. Affichant sans pudeur une glorieuse nudité, Yannis gratifia Keren d'un clin d'œil et se dirigea nonchalamment vers la salle de bains.

Furieuse, frustrée, et assaillie par des émotions plus confuses – qu'elle préférait ne pas chercher à analyser –, Keren prit l'oreiller posé à côté d'elle, le posa sur son visage, et cria tout son soûl.

Chaque fois qu'elle pensait avoir une longueur d'avance, Yannis lui damait le pion. Le pire était qu'elle ne parvenait pas à ignorer l'excitation qu'il provoquait en elle. À croire qu'elle était dotée d'un tempérament masochiste !

Pourtant, Keren avait cru marquer un point en venant se coucher dans le lit conjugal, car elle ne doutait pas que se réfugier dans quelque autre chambre aurait été perçu par Yannis comme une invitation à l'en débusquer.

Elle s'était imaginée attendant sur des charbons ardents qu'il ne s'y décide. La tension qui les avait entourés toute la soirée laissait entendre qu'il ne pouvait en être autrement.

Extirpant de l'un des tiroirs de sa penderie une chemise de nuit à manches longues, au col montant, descendant jusqu'aux chevilles – cadeau de ses parents jamais porté –, Keren l'avait enfilée en se sentant l'âme d'une pudique jeune épousée de l'époque victorienne.

La porte de la salle de bains s'ouvrit.

Même si elle persistait à demeurer rigide, le regard rivé au plafond, Keren ne put ignorer que Yannis approchait du lit de son pas souple de félin, dans toute la splendeur de son insolente nudité.

Il n'était pas question qu'elle engage le dialogue avec lui !

Il s'installa à ses côtés après avoir réglé l'intensité de la lampe posée sur sa table de nuit, de manière qu'elle diffuse une douce lumière. Puis, se tournant vers Keren, il souleva la couette sans lui laisser le temps de s'y cramponner.

— Hmm, très sexy, railla-t-il.

Keren serra les dents.

— Tu ne te figures quand même pas que cette horreur constitue une barrière suffisante, *glyko mou* ? susurra-t-il.

Surtout, ne pas répondre ! s'intima Keren.

— Comme si tu ne savais pas que je te désirerais même entortillée dans un vieux sac, reprit Yannis. Mais je t'ai fait une promesse, et je tiens à la respecter. Tu serais nue dans ce lit que je ne te toucherais pas.

— Tu pourrais au moins passer un boxer, lâcha Keren, incapable de s'en empêcher.

— Effectivement, je *pourrais*, rétorqua Yannis d'un ton pensif. Mais je n'en ferai rien.

De nouveau, Keren serra les dents et s'efforça de fermer les paupières. Peine perdue. C'était comme si ses yeux refusaient d'obéir, trop occupés à glisser des regards furtifs en direction de Yannis. Elle sentait tout le poids du sien sur elle.

— Est-ce que tu serais assez aimable pour cesser de m'observer ? lança-t-elle. Ou éteins au moins la lampe.

— La lumière ne me gêne pas. Fais-le, toi, si tu veux.

Pour cela, il aurait fallu que Keren se penche par-dessus lui. *Impossible !*

— Avec combien de femmes as-tu partagé ce lit, après moi ?

Keren avait lâché cette question tout à trac, sans même y réfléchir.

— Regarde-moi, et je te le dirai, répondit Yannis.

Le cœur battant à tout rompre, Keren se tourna lentement vers lui. Ce qu'elle lut, alors, dans son regard lui noua la gorge. Il eut un geste vers elle, comme s'il allait lui caresser le visage, mais il s'interrompit, posant la main sur l'oreiller.

Ce fut d'une voix très douce qu'il dit :

— La seule à avoir partagé ce lit, c'est toi.

À sa grande surprise, Keren sentit les larmes lui monter aux yeux. Elle abaissa ses paupières pour les contenir, avant de se remettre à fixer le plafond.

Yannis n'était pas homme à proférer un mensonge éhonté,

elle le savait. Il pouvait lui arriver de se montrer manipulateur ou impitoyable, parfois de passer certaines choses sous silence, mais elle pouvait lui faire confiance en l'occurrence.

Cela étant, rien n'interdisait de penser que d'autres femmes aient pu être accueillies entre les murs de la villa. La demeure comprenait onze chambres. Et Keren se souvenait qu'ils avaient bien souvent fait l'amour ailleurs que dans un lit.

Ce fut Yannis qui rompit le silence.

— Et toi, as-tu connu d'autres hommes ?

— Non, souffla Keren.

À vrai dire, dans sa vie, il n'y avait jamais eu d'autre homme que Yannis.

Dès son adolescence, Keren n'avait eu qu'une idée en tête : quitter son Angleterre natale pour aller explorer les paysages exotiques qu'elle avait découverts dans des films ou dans les livres qu'elle empruntait régulièrement à la bibliothèque de sa petite ville.

Pour cela, il fallait de l'argent. Aussi avait-elle enchaîné les petits boulots dès l'âge de treize ans, passant de la distribution de journaux au ménage d'un salon de coiffure, d'un emploi de vendeuse de chaussures les week-ends à des heures de baby-sitting. Du coup, elle n'avait guère eu de temps pour les garçons. Et lorsqu'elle s'était enfin envolée loin de chez ses parents, à dix-huit ans tout juste sonnés, elle était encore vierge.

Bien sûr, au cours de ses voyages, elle s'était fait de nombreux amis – aussi bien hommes que femmes. Cependant, elle tenait plus que tout à sa liberté. Or décider sur un coup de tête de passer d'un pays à un autre nécessitait une totale indépendance. Il lui avait paru plus sage de se tenir à l'écart de toute forme de liaison amoureuse. Elle était donc demeurée vierge jusqu'à sa rencontre avec Yannis.

Il ne ressemblait à aucun des hommes dont elle avait croisé la route. Et ce n'était pas lié au fait qu'il soit riche, magnifiquement beau, et fabuleusement sexy. Keren avait été séduite par l'humour de Yannis, impressionnée par son intelligence, fascinée par sa connaissance encyclopédique du vaste monde. Elle en était tombée éperdument amoureuse.

Ce qu'ils avaient vécu était extraordinaire. Malgré son manque d'expérience, Keren ne pouvait en douter. Cela avait été merveilleux. Passionnant. Enchanteur.

Jusqu'à ce que tout s'écroule.

Il se rapprocha suffisamment pour qu'elle sente son souffle chaud caresser sa joue.

— Est-ce que je te manquais trop pour que tu aies envie d'un autre ? demanda-t-il.

Tout ce que Keren parvint à émettre fut un soupir agacé.

Apparemment, cela suffit à décourager Yannis, car il se tourna pour éteindre, plongeant la pièce dans l'obscurité.

La présence de cet homme nu allongé près d'elle – cet homme qu'elle ne pouvait s'empêcher de désirer follement – mettait Keren au comble du malaise.

Tout à coup, le contact de la chemise de nuit sur son épiderme ultrasensible lui devenait difficilement supportable. C'était tout juste si elle ne cédait pas à l'envie impétueuse de s'en débarrasser.

Lorsqu'elle sentit Yannis se rapprocher insidieusement, Keren faillit suffoquer. Elle s'éloigna vers le bord du lit, mais il réduit l'écart instantanément.

— Est-ce que tu pourrais rester de ton côté, s'il te plaît ? lâcha-t-elle sur un ton qu'elle aurait voulu autoritaire mais qui tenait davantage de la supplication.

Poussant un grand soupir, Yannis s'éloigna. Keren était dévorée par l'envie de le rappeler. Ou bien de se glisser contre lui.

— Keren ? Tu sais que, si tu as envie de moi, je suis là ?

C'était à croire qu'il lisait dans ses pensées !

— Tais-toi et dors, siffla-t-elle.

Le petit rire de gorge de Yannis s'insinua sous l'épiderme enfiévré de Keren, et elle s'obligea à serrer les paupières aussi fort qu'elle le pouvait.

Ce fut seulement au bout de quelques minutes de silence qu'elle retrouva une respiration à peu près normale. Néanmoins, son cœur continuait à tambouriner dans sa poitrine, et son pouls à cavaler. Quant à l'incendie qui la dévorait, il ne s'atténuait pas le moins du monde. La divine torture, à l'apex de ses cuisses, ne cessait de s'intensifier.

À côté d'elle, la respiration de Yannis avait pris la régularité du profond sommeil. Keren fut submergée par l'envie de hurler.

Il avait l'incroyable faculté de sombrer dans le sommeil en un éclair. Mais qu'il puisse dormir profondément alors qu'elle se consumait de désir à ses côtés paraissait à Keren la preuve d'une insondable cruauté.

Elle était partagée entre l'envie de pousser Yannis hors du lit, pour le punir de la mettre dans un tel état de frustration, et celle d'aller se lover contre lui pour chercher le soulagement que seuls pourraient lui apporter sa bouche et ses mains.

De nouveau, elle ferma les yeux dans l'espoir d'effacer les images qui l'assaillaient. Sans résultat.

Il aurait suffi que Yannis pose ne serait-ce qu'un doigt sur elle pour que Keren fonde comme lave en fusion.

Cédant à une impulsion, elle roula sur le côté, tournant son visage vers le profil à la splendide virilité. Fascinée, Keren sentit l'eau lui venir à la bouche.

Instinctivement, elle tendit la main vers le visage endormi, mais la retira brutalement. Pour rien au monde, elle ne devait faire le premier pas ! Ce serait rentrer dans le jeu de Yannis.

Il avait habilement manœuvré pour mettre en place les conditions qui les ramenaient dans le même lit. Céder, s'offrir à lui, réduirait en miettes le peu de fierté auquel Keren se cramponnait désespérément.

Avant que son corps ne prenne le contrôle de son esprit, elle repoussa la couette et quitta le lit. Le regard braqué sur la porte de la chambre, elle s'en approcha à pas de loup, se refusant à regarder derrière elle de peur de trouver Yannis les yeux grands ouverts.

Elle s'autorisa à respirer seulement après avoir refermé la porte derrière elle.

En toute hâte, elle gagna l'étage supérieur et l'extrémité de l'aile de la villa la plus éloignée des appartements de Yannis. Une fois dans la chambre qu'elle avait choisie comme refuge, elle ouvrit une fenêtre et s'installa sur le large rebord, espérant que l'air frais de la nuit apaiserait le feu qui l'habitait.

Pourvu que sa fuite n'ait pas réveillé Yannis ! soupira-t-elle en son for intérieur. Qui sait s'il n'était pas déjà parti à sa recherche ?

Cette pensée lui avait à peine traversé l'esprit que Keren vit tourner la poignée de la porte et la haute silhouette se dessiner dans l'encadrement.

Aussitôt, elle bondit du rebord. Déjà, Yannis se dressait devant elle, l'acculant à la fenêtre. Son regard perçant pénétra jusqu'au tréfonds de son être.

— On joue à cache-cache, *glyko mou* ? susurra-t-il.

Pantelante, Keren était incapable de proférer la moindre réponse. Ce fut alors qu'elle perçut combien Yannis, lui aussi, avait du mal à respirer en dépit de son apparente nonchalance. Instantanément, le cœur de Keren rompit les amarres.

Une osmose instinctive les lia l'un à l'autre.

Déglutissant visiblement à plusieurs reprises, Yannis tendit une main pour enfouir ses doigts dans la chevelure de Keren, enserrant sa nuque. Pendant quelques interminables secondes, il riva son regard au sien, sans un mot.

Puis, il captura ses lèvres avec une passion qui embrasa Keren tout entière.

9.

Keren s'était réfugiée dans cette chambre en sachant très bien que Yannis l'y suivrait. Et qu'il prendrait sa fuite pour une invite tacite. Ce qui lui donnerait toute opportunité de pousser l'avantage.

Les lèvres chaudes et fermes de son mari exploraient celles de Keren. Puis, ce fut le velours de sa langue contre la sienne qui fit s'effondrer les derniers bastions de sa raison.

Soudant son corps à la musculature d'airain de Yannis, elle se hissa sur la pointe des pieds et noua les bras autour de son cou, agrippant ses cheveux tandis qu'il approfondissait son baiser. Jusqu'à ce que cela se transforme en une joute frénétique, insatiable.

Keren sentait des flots de lave couler dans ses veines, se répandre dans tout son corps, battant à ses oreilles dans un roulement de tonnerre, liquéfiant le cœur de son intimité secrète. De longs doigts avides descendirent le long de son dos pour aller empoigner ses fesses et l'étreindre encore plus étroitement.

Les ongles plantés dans la nuque de Yannis, Keren gémit dans sa bouche lorsqu'elle perçut la dureté de son érection contre son ventre. Savoir qu'il ne s'écoulerait pas longtemps avant que cette partie de l'anatomie de Yannis se glisse en elle ne fit qu'intensifier les plaintes montant de sa gorge.

Oh ! comme elle avait envie de lui et de ses caresses ! Envie qu'il la fasse à nouveau sienne ! Comme il lui tardait de se débarrasser du carcan de sa chemise de nuit pour sentir le corps nu de Yannis contre le sien, sans aucun obstacle entre eux !

C'était à croire qu'il lisait en elle comme dans un livre ouvert, car un souffle d'air chatouilla les mollets de Keren, puis ses cuisses, au fur et à mesure que le vêtement remontait jusqu'à ses fesses.

Yannis mit un terme à la fusion de leurs bouches afin de s'écarter suffisamment d'elle pour lui faire lever les bras au-dessus de la tête et la débarrasser de l'encombrante défroque.

Le souffle court, haletant, il la contempla un instant, nue devant lui.

— *Theos*, Keren ! grommela-t-il, prenant son visage entre ses mains. Comme tu es belle !

Puis, il s'empara à nouveau de sa bouche avec une passion farouche, et chacun enserra l'autre de ses bras. Éperdument.

Enfin ils étaient peau contre peau. Enfin la poitrine ultrasensible de Keren trouvait la place à laquelle elle aspirait depuis si longtemps : écrasée contre le torse brûlant de son mari.

Les grandes mains qu'elle aimait tant se cramponnèrent à ses hanches, et ses pieds quittèrent le sol. Quelques secondes plus tard, ils s'affalèrent sur le lit, Yannis couvrant son corps du sien, sa bouche poursuivant ses assauts grisants.

Instinctivement, Keren ceignit les reins de Yannis de ses jambes, tendant son bassin vers lui, tant elle était taraudée par un besoin avide, au creux de son ventre. Il s'arracha à ses lèvres pour déposer un chapelet de baisers le long de son cou. Les paumes ardentes naviguèrent sur ses flancs, son ventre, ses côtes, pour finir par se refermer sur ses seins.

Yannis passa la langue sur un téton durci, avant de le happer avec une gloutonnerie qui fit se cambrer Keren dans un brusque sursaut. Le cri montant de sa gorge se répercuta sur les murs de la chambre.

Ondulant furieusement sous lui, cramponnée à son cou, elle creusa les reins en un appel implicite à ce qu'il la possède. Sans en tenir compte, Yannis prolongea l'œuvre diabolique de sa bouche, traçant un sillon de feu le long du ventre de

Keren, jusqu'à aller nicher son visage au cœur de sa féminité. Elle sentit sa langue s'insinuer entre ses pétales humides et titiller le bourgeon d'où irradiait tout son plaisir.

Basculant la tête en arrière, Keren ferma les paupières pour mieux savourer le divin supplice auquel Yannis la soumettait. Au tréfonds d'elle-même, le vortex du désir était pareil à un ressort prêt à craquer. Elle avait enfoui les doigts dans la chevelure de Yannis pour le retenir et l'encourager. Pour la première fois depuis ce qui lui semblait être des siècles, Keren sentait l'orgasme monter en elle, inexorablement. Elle était sur le point d'en atteindre le paroxysme, lorsque Yannis s'écarta.

En un éclair, il vint se positionner au-dessus d'elle, son visage suspendu au-dessus du sien. Instantanément, Keren noua les jambes autour de sa taille mince, arquant le dos pour mieux se frotter à l'extrémité de son sexe tendu. Au comble de la frustration, elle sentit que Yannis s'interdisait de céder à sa muette supplique. Lui prenant les mains, il les plaqua sur le lit de part et d'autre de sa tête.

Le long de son cou, les tendons étaient contractés à l'extrême, ses mâchoires crispées. Il plongea dans celui de Keren un regard limpide.

— Dis que tu as envie de moi, exigea-t-il d'une voix rauque.

— Yannis..., s'il te plaît...

— Dis-le !

Tendant le cou vers lui, Keren vint lui mordiller la lèvre inférieure.

— Tu sais bien que tu me rends folle, gémit-elle.

À peine avait-elle formulé cet aveu que Yannis entrait en elle, puissamment. Elle était déjà ruisselante de désir, tellement prête à le recevoir qu'en une seule et grisante poussée il s'enfonça profondément en elle.

Avec un long gémissement, il s'immobilisa brusquement. Son regard d'azur se brouilla, puis Yannis cligna des yeux à plusieurs reprises, avant de fondre sur la bouche de Keren. Leurs langues s'emmêlèrent en un duel torride, forcené, tandis qu'il entamait un mouvement de va-et-vient, plongeant en elle à grands coups répétés, de plus en plus vite, de plus en plus fort. Chaque estoc, chaque coup de reins, tendait encore davantage la spirale qu'elle sentait au creux de son ventre.

Consciente que Yannis luttait pour se contenir, elle l'aiguillonna avec ardeur, lui labourant le dos de ses ongles, soudant sa bouche à son cou, à ses épaules, à sa joue. Leurs épidermes en sueur étaient de plus en plus intimement joints, au fur et à mesure que l'explosion finale se rapprochait. Enfin, le ressort bandé, au creux du ventre de Keren, se détendit brusquement, dans un jaillissement de volupté qui la fit se cramponner aux épaules de Yannis, psalmodiant follement son prénom et lui ordonnant intérieurement de ne plus jamais la laisser partir.

Jamais, oh non, jamais...

S'agrippant à ses hanches, Yannis renversa la tête en arrière puis, dans un cri guttural, lança un ultime et impérieux assaut, avant que son corps moite ne s'effondre sur elle.

Le cœur de Keren cognait sourdement à ses oreilles, tandis que les battements de celui de Yannis résonnaient à travers leurs deux bustes joints. Elle sentait son souffle haletant la marquer au cou comme un fer rouge.

Les derniers spasmes du plaisir s'éteignaient peu à peu en elle, laissant place à un maelström d'émotions. Des larmes cuisantes lui picotaient les yeux, et Keren serra les paupières pour éviter qu'elles ne se déversent. Dans sa tête tournait une sommation, comme un mantra :

Ne pleure pas, ne pleure pas, ne pleure pas.

La dernière fois où Yannis lui avait fait l'amour remontait à plus de deux ans, dans les derniers temps de sa grossesse. Au fur et à mesure que les mois s'écoulaient, ils avaient fait ça avec de plus en plus de douceur, de plus en plus de précautions.

Cela n'avait plus grand-chose de commun avec la grisante frénésie de leurs premiers échanges, sans être moins délicieux pour autant. Cette ultime expérience avait été particulièrement tendre et amoureuse. Keren s'était endormie avec la main protectrice de Yannis posée sur son ventre rond.

Pendant les mois où elle était enceinte, Keren n'avait pas souffert de l'attitude possessive qu'il commençait à manifester à son égard. Bien au contraire ! Yannis prenait soin d'elle avec un tel empressement qu'elle se sentait choyée autant qu'aimée.

Brutalement, un coup de poignard transperça le cœur de Keren, et elle crispa les mâchoires. Ses doigts agrippèrent les cheveux de Yannis, qu'elle continuait à caresser distraitement.

Comment les choses s'étaient-elles à ce point dégradées entre eux ?

Est-ce que ce serait différent si elle lui revenait ? Sauraient-ils repartir de zéro ?

Effrayée par le tour que prenaient ses pensées, Keren se sermonna intérieurement. Suffisait-il d'un orgasme pour qu'elle s'abandonne corps et âme ? Il était urgent qu'elle se reprenne.

Mais, lorsque Yannis s'écarta pour s'allonger à ses côtés, elle eut la tentation d'accompagner son mouvement pour se blottir contre lui, la tête logée sur son torse et les jambes nouées aux siennes. Comme elle le faisait toujours après l'amour.

Déglutissant avec peine, elle lui tourna le dos. Mais il vint se plaquer contre elle, l'entourant de son bras pour la retenir. Instinctivement, Keren se cramponna à sa grande main.

À nouveau, les battements de son cœur se déchaînèrent.

Habituellement, après l'amour, Yannis aimait parler de tout et de rien, plaisantant gaiement, de sorte que Keren s'endormait souvent en souriant béatement. Curieusement, cette fois, il demeurait muet. Plus le silence durait, plus elle était déconcertée.

— Ce qui vient de se passer ne signifie pas que j'ai décidé de revenir, lâcha-t-elle en s'efforçant de maîtriser sa voix du mieux possible.

L'enlaçant plus étroitement, Yannis déposa un baiser sur le sommet de son crâne.

— Ne parlons plus de ça, murmura-t-il. Tu es là avec moi… Profitons-en sans nous mettre la pression. D'accord ?

Incapable de répondre tant l'émotion l'étouffait, Keren porta la main de Yannis à sa bouche et y déposa un baiser.

Fermant les yeux, elle écouta le souffle de Yannis adopter le rythme régulier et profond de l'assoupissement. Il fallut un long moment avant qu'elle-même s'endorme, et la dernière pensée qui lui traversa l'esprit fut qu'elle ne s'était pas sentie aussi bien depuis deux ans.

La caresse d'une bouche effleurant la sienne tira Keren du sommeil. Ses lèvres s'entrouvrirent pour accueillir ce baiser.

Perdue dans un rêve délicieux, elle n'ouvrit pas les yeux jusqu'au moment où la jouissance la terrassa. Sans se retirer, Yannis respirait bruyamment contre son oreille.

En souriant, Keren ferma les yeux et glissa à nouveau dans le repos.

Quand elle s'éveilla, ce fut pour trouver le lit vide à côté d'elle. Un coup d'œil à sa montre la fit s'asseoir brusquement. Il était dix heures du matin ! Keren n'avait pas dormi aussi tard depuis une éternité.

Après s'être étirée, elle attrapa la chemise de nuit sur le sol et l'enfila. Les jambes flageolantes, elle se dirigea vers la chambre qu'elle partageait avec Yannis. Des frissons parcouraient son épiderme et de petits spasmes délicieux pulsaient entre ses jambes.

Une fois qu'elle eut pris une longue douche, Keren explora sa penderie. Elle y sélectionna une vaporeuse robe d'été orange en se demandant pourquoi elle ne l'avait pas glissée dans ses bagages quand elle avait quitté la villa.

Puis, elle se souvint que c'était Yannis qui la lui avait offerte pendant leur voyage de noces. Un matin, il s'était levé de bonne heure et, pour la laisser dormir, était parti explorer les environs. Quand il avait repéré la petite robe, il l'avait aussitôt achetée, certain qu'elle lui plairait. Il avait vu juste.

Appuyant une main sur sa poitrine pour calmer les battements désordonnés de son cœur, Keren prit une profonde inspiration puis quitta la chambre, sans même se sécher les cheveux ni se maquiller.

En passant devant la chambre de Sophia, elle marqua une pause. Elle n'avait jamais eu le courage d'y entrer.

Cette fois, sans trop savoir ni pourquoi ni comment, elle posa la main sur la poignée, ferma les paupières, compta jusqu'à trois, et ouvrit. Il lui fallut compter une nouvelle fois jusqu'à trois avant de se décider à ouvrir les yeux.

Pendant quelques instants, elle demeura interdite sur le seuil, battant frénétiquement des paupières.

Elle s'était figuré trouver la pièce vide et repeinte du sol au plafond, mais il n'en était rien. Tout était exactement dans le même état que lorsqu'elle y était entrée pour la dernière fois. Un délicieux havre de paix et de tranquillité attendant que les gazouillis d'un bébé lui insufflent vie.

Malheureusement, le bébé s'en était allé directement au paradis.

Effaçant une larme sur sa joue, Keren s'efforça de contenir les émotions qui l'envahissaient, menaçant de la submerger. Puis elle ferma doucement la porte, et continua son chemin.

Yannis était exactement là où elle pensait le trouver : dans la piscine, en train d'éliminer ses excès de mousse au chocolat.

S'installant sur la terrasse, Keren se versa une tasse du café contenu dans le *briki*, puis s'adossa à son siège. Un long soupir monta de ses lèvres tandis qu'elle admirait le corps puissant qui fendait l'eau à la vitesse de l'éclair.

La scène était à la fois tellement familière et tellement lointaine dans son esprit. Cela lui donnait le sentiment indiscutable que les choses retrouvaient leur juste place.

C'est ce que Keren avait toujours ressenti avec Yannis. Cette impression de complétude, de perfection. La certitude de lui appartenir comme il lui appartenait.

Le cœur battant la chamade, elle se demanda s'il pouvait encore en être ainsi pour eux.

Était-il possible qu'ils retombent amoureux l'un de l'autre, et qu'ils soient capables de ne pas tout gâcher ? Mais n'était-elle pas déjà amoureuse ?

Son amour pour Yannis s'était-il jamais éteint ?

Comment répondre à toutes ces questions ? Chercher les réponses aurait signifié sonder les profondeurs de son âme, et cela terrifiait Keren. Comment être sûre que les émotions qu'elle ressentait en cet instant n'étaient pas le simple fruit de l'assouvissement des sens ?

Et comment deviner ce que Yannis ressentait véritablement pour elle ? Était-ce juste par fierté qu'il s'acharnait à la convaincre de revenir, ou bien éprouvait-il quelque chose de plus profond ?

Keren savait qu'il lui serait impossible de revivre les chagrins qui l'avaient séparée de Yannis sans en être détruite à tout jamais.

Mais si une nouvelle chance s'offrait à eux…

Le cœur battant sourdement, elle observa Yannis qui se hissait sur le rebord du bassin sans se soucier des escaliers. Ramassant sa serviette de bain, il se sécha tout en s'avançant vers elle, son beau visage illuminé par un sourire radieux.

S'inclinant, il déposa un baiser sur les lèvres de Keren, avant de se servir un café et de s'asseoir sur le siège le plus proche d'elle.

— Hmm, *glyko mou*, est-ce que tu sais que tu es à croquer ? murmura-t-il.

— Il va te falloir attendre un peu, répliqua Keren.

Une lueur malicieusement machiavélique illumina les magnifiques yeux bleus, et Yannis la prit par la taille puis l'embrassa à nouveau, avec plus d'ardeur cette fois.

— Pourquoi attendre ? fit-il.

Il prit le temps de lui mordiller le lobe de l'oreille avant de se radosser à son fauteuil. Dans son regard, Keren lut clairement la lascivité de ses pensées.

Elle serra étroitement les cuisses dans une tentative vaine de réprimer le désir qu'elle sentait monter.

— Aurais-tu faim ? demanda Yannis en haussant un sourcil qui mimait la contrition.

— Dis plutôt que je meurs de faim ! répliqua Keren sans relever le double sens de la question.

Il y avait bien longtemps qu'elle n'avait ressenti pareille fringale. Et elle ne pouvait se méprendre sur ce qui la rendait ainsi affamée.

En lui faisant l'amour, Yannis avait mis à mal ses capacités de raisonnement et réveillé en elle des appétits étouffés depuis longtemps.

Un petit sourire coquin releva le coin des lèvres sensuelles de son mari.

— C'est bien ce que je pensais, déclara Yannis. Le petit déjeuner devrait être apporté… ah, le voici !

Comme par magie, le jeune homme qui leur avait servi le dîner, fit son apparition avec un plateau chargé de victuailles et un *briki* de café frais.

— Que voudrais-tu faire, aujourd'hui ? s'enquit Yannis en la regardant engloutir la dernière bouchée de son omelette quelques instants plus tard. Peut-être passer la journée au lit… ?

Avec un grand soupir, Keren résista à l'envie de se pencher pour l'embrasser. Ce qui se passait entre eux avait beau lui paraître la perfection même, le plus important était de garder les pieds sur terre. Il serait trop facile de laisser libre cours à ses émotions. Avec quelles conséquences, ensuite… ?

Elle fut interrompue dans ses réflexions par la sonnerie du téléphone de Yannis, posé sur la table. Levant les yeux au ciel, il tendit une main vers l'objet, puis grimaça.

— C'est Andreas, dit-il. Il faut que je réponde.

À la façon dont son regard s'assombrit, comme au ton de la conversation, Keren comprit qu'il s'agissait encore de mauvaises nouvelles. Elle ne put s'empêcher de l'interroger quand il eut terminé.

— Que se passe-t-il ? Yannis se frotta la mâchoire.

— Un client avec lequel nous étions sur le point de signer menace de nous quitter pour la concurrence.

— Pour quelles raisons ? demanda Keren, navrée de voir les deux frères en situation difficile une nouvelle fois.

Pour ce qu'elle en savait, c'était du jamais vu.

Yannis haussa les épaules.

— Juste parce que j'ai raté un rendez-vous, répondit-il.

Les yeux de Keren s'arrondirent. Cela aussi, c'était du jamais vu ! Habituellement, Yannis était d'une ponctualité quasi obsessionnelle.

— Cela s'est passé quand ?

— C'est sans importance, marmonna Yannis en secouant la tête.

Lorsqu'il reporta son attention sur Keren, et que leurs regards se vrillèrent l'un à l'autre, elle vit renaître la lueur avide dans les profondeurs azurées. Se rapprochant d'elle jusqu'à ce que leurs jambes s'emmêlent, Yannis agrippa ses cuisses. Il fit preuve d'une force et d'une rapidité telles qu'elle se retrouva à califourchon sur lui avant même d'avoir compris ce qui se passait. À travers la dentelle de sa culotte, elle sentit son érection durcir à la vitesse de l'éclair. Aussitôt, sa propre respiration se fit haletante.

— J'ai besoin d'être en toi, souffla Yannis à son oreille d'un ton impérieux. Retournons dans la chambre.

Déjà en proie à une fièvre irrépressible, Keren noua les bras autour du cou de Yannis et mordilla la ligne de sa mâchoire.

La tenant fermement, il se mit debout et l'entraîna jusqu'à leur lit.

Appuyant la tête sur le rebord de la baignoire, Keren s'abandonna au sentiment de bien-être qui l'envahissait. C'était une émotion qu'elle n'avait pas éprouvée depuis fort longtemps.

— À quoi penses-tu ? l'interrogea Yannis d'une voix paresseuse.

Ils avaient adopté leur position préférée lorsqu'ils prenaient un bain ensemble : en face l'un de l'autre, Yannis repliant les jambes et enserrant la taille de Keren entre ses mollets ; elle-même, jambes tendues et pieds posés sur son torse – elle était bien plus petite que lui.

Les yeux fermés, elle répondit nonchalamment :

— Je pense que je suis merveilleusement bien, comme cela.

— Tu ne voudrais pas te rapprocher un peu ?

— Non. Tout va bien.

— Même pas pour ça ? Tu n'as pas envie de jouer ?

Ouvrant un seul œil, Keren vit le sexe érigé de Yannis pointer sans vergogne à travers la mousse.

— Ta mère ne t'a pas appris que, si on se sert trop d'un jouet, il finit par se casser ? dit-elle d'un ton badin.

Yannis la gratifia d'un sourire malicieux.

— Je préférerais laisser ma mère là où elle est, si tu le veux bien, répliqua-t-il.

— Justement, à ce propos, je me demandais si tu ne ferais pas mieux d'assister à la soirée qu'ils organisent, ton père et elle. Cette Jeanie Legarde y sera, non ?

— Oui, mais Andreas est très capable de traiter avec elle.

— Pas autant que toi. Tu t'y connais davantage en matière légale.

— Il est hors de question que je te laisse seule ici.

— Alors, emmène-moi avec toi.

Yannis ouvrit des yeux ronds.

— Sérieusement ? fit-il. Tu viendrais ?

— Je sais que c'est important pour toi, rétorqua Keren. Si tu n'étais pas tellement occupé à me retenir prisonnière, tu serais déjà à Athènes.

La lueur espiègle revint s'allumer dans les yeux de Yannis.

— S'il s'agissait seulement de te garder captive, je pourrais tout aussi bien te ficeler à notre lit, susurra-t-il. Comme cela, tu ne t'échapperais même pas à la fin de ce week-end…

— Et qui te dit que, lundi, je serai toujours décidée à partir ?

Instantanément, Keren vit les traits de Yannis se figer.

Toute sensualité, toute taquinerie s'effacèrent de son regard, remplacées par une intensité qui la transperça de part en part.

Sans même réfléchir, elle se jeta sur lui, faisant déborder l'eau de la baignoire. Elle saisit le visage de Yannis entre ses mains. Comme cela lui était arrivé bien souvent, Keren eut l'impression de se noyer dans le bleu de ses yeux.

— Yannis, je ne sais plus trop où j'en suis, murmura-t-elle. Pas plus tard qu'hier, je ne voulais rien avoir à faire avec toi. Mais il suffit que tu poses les mains sur moi, et je me liquéfie. Je ne sais pas si c'est d'avoir fait l'amour qui me fait changer d'opinion à ton sujet. Alors, je refuse de promettre quoi que ce soit. Tout ce que je sais, c'est que nous ne pouvons pas reprendre les choses où elles en étaient restées. Plus jamais je ne me laisserai mettre en cage.

Glissant une main dans ses cheveux mouillés, Yannis murmura :

— Je sais, *glyko mou*. Perdre Sophia nous a…

En toute hâte, Keren posa un doigt en travers des lèvres de Yannis en secouant la tête.

Non. Pas maintenant. Pas comme ça.

Il crispa les mâchoires, et son regard se vrilla à celui de Keren comme s'il cherchait à y lire quelque chose. Puis, son visage se radoucit et il eut un petit sourire navré. D'un hochement de tête, il lui signifia qu'il comprenait.

Ce fut seulement lorsque ses épaules se relâchèrent que Keren comprit qu'elle les avait contractées. Elle souda sa bouche à celle de Yannis.

Personne ne la comprenait aussi bien que lui.

Accentuant la pression de ses lèvres, elle songea qu'elle adorait le goût de ses baisers. La façon dont il répondait aux siens prouvait irréfutablement qu'il y prenait autant de plaisir qu'elle-même.

À son tour, Yannis enserra son visage entre ses paumes. Très doucement, il l'écarta de lui et la regarda dans les yeux.

— Je n'essaierai plus jamais de te mettre en cage, fit-il. C'est promis.

Keren soupira. Elle mourrait d'envie de le croire. Néanmoins, elle n'ignorait pas que les promesses faites dans les brumes du désir s'évaporaient bien vite.

Pourtant, soutenant ce regard où se lisait bien davantage que du désir, Keren sentit son cœur se gonfler d'une émotion qu'elle n'avait pas éprouvée depuis très, très longtemps.

Un espoir insensé.

Peut-être ces mêmes brumes du désir étaient-elles en train de lui faire perdre la tête ? Elle n'en avait cure. La seule vérité à laquelle elle pouvait se raccrocher, c'était la force du désir qui les ravageait l'un comme l'autre.

Glissant les doigts dans les boucles brunes de Yannis, elle ferma les yeux tout en reprenant possession de sa bouche, se plaquant contre lui aussi étroitement qu'il lui était possible.

La passion avec laquelle il répondit à son baiser ne fit qu'attiser le brasier qui couvait en Keren. La bouche de Yannis dévorait la sienne, comme s'il y trouvait l'oxygène qui le maintenait en vie. Ses grandes mains erraient follement sur tout son corps, balayant son dos et ses flancs, agrippant ses fesses, laissant dans leur sillage des traînées incandescentes.

Haletante, Keren s'écarta, posant les doigts sur son torse musclé pour se stabiliser, comme elle se soulevait pour venir chevaucher Yannis, se hissant au-dessus de lui en appui sur ses cuisses écartées. Elle sentit son long sexe flirter avec ses plis intimes.

Elle avait toujours adoré faire l'amour avec Yannis en pleine lumière, car cela lui permettait de lire l'évidence de son désir gravée sur son visage.

Et de tels signes y étaient clairement visibles en cet instant même.

D'une main, Yannis enserra fermement sa taille, tandis qu'il traçait un sillon de son autre index, depuis sa gorge jusqu'à son pubis. Ensuite, il l'inséra plus bas, et son regard se troubla lorsqu'il rencontra la perle engorgée nichée au creux de tant de moiteur, n'attendant que de le recevoir.

Cependant, au lieu d'œuvrer pour soulager la tension qui

torturait Keren, il retira sa main et son doigt suivit le chemin inverse, remontant le long du ventre pour finir par effleurer le dessous d'un de ses seins avant de l'enfermer dans sa paume comme pour le soupeser. Lorsqu'il titilla d'un pouce le téton durci, Keren cria sous l'effet de ce prodigieux tourment, et elle s'empala sur Yannis avec l'énergie du désespoir.

Les yeux écarquillés, elle se cramponna aux larges épaules, soulevant les hanches pour coulisser sur son sexe, allant et venant sur lui. Il n'était pas une parcelle de son corps qui ne soit parcourue de sensations fabuleuses.

Cette fois, la main de Yannis enserra la totalité de son sein, exerçant une délicate pression qui arracha un nouveau cri de plaisir à Keren.

— Oui, c'est ça, ma beauté, souffla-t-il. Perds le contrôle.

Sa voix était rauque. Pantelante.

Dans une plainte farouche, Keren se déchaîna alors, chevauchant Yannis sans la moindre retenue, follement, les ongles plantés dans sa chair, tandis que les grognements de plaisir qu'il laissait échapper l'aiguillonnaient.

Jusqu'à ce qu'un orgasme fulgurant l'emporte, au moment même où Yannis se déversait en elle, la tête basculée en arrière, le visage contracté par la jouissance.

10.

— J'avais oublié à quel point tu es sexy en smoking ! s'exclama Keren, émergeant de son dressing.

Elle laissa son regard s'attarder sur Yannis, se délectant de la sublime vision qu'il offrait. Même si elle l'avait toujours trouvé séduisant quel que soit le vêtement qu'il portait – et à plus forte raison dans le plus simple appareil –, le voir en tenue de soirée lui procurait un plaisir toujours renouvelé.

Pour l'occasion, il avait revêtu un smoking bleu marine qui épousait sa puissante carrure comme un gant. Rasé de frais, ses boucles brunes soigneusement peignées, il aurait tout à fait pu tenir le rôle principal d'un film d'espionnage.

— *Theos !* souffla Yannis en la dévorant du regard. C'est toi qui es magnifique, *glyko mou* !

En proie à une angoisse subite, Keren faillit mordiller sa lèvre inférieure au risque de gâter irrémédiablement son délicat maquillage.

— Tu es sûr ? demanda-t-elle anxieusement.

Dans les derniers temps de leur vie commune, elle avait pris l'habitude de solliciter systématiquement l'avis de Yannis lorsqu'ils se rendaient ensemble à une réception officielle, ne pouvant s'empêcher d'être blessée par les réserves qu'il émettait.

Surtout à partir du moment où elle s'était mise à choisir des toilettes de moins en moins appropriées. Par provocation. Elle avait fait cela de manière délibérée, pour pousser Yannis à manifester quelque émotion que ce soit. Pour que, au moins, il montre qu'elle ne lui était pas totalement indifférente.

Ce soir, Keren s'était décidée pour une robe qui ne ressemblerait certainement pas à celles des autres invitées. Elle ne sortait pas des ateliers d'un grand couturier, mais elle l'adorait. L'étoffe blanche était parsemée de roses rouge carmin. Les manches, évasées aux coudes, dégageaient les épaules. Quant à la jupe, elle flottait à mi-mollet dans un style bohémien, et était fendue à mi-cuisse. Keren l'avait assortie à des sandales écarlates à hauts talons dont les lanières s'entrecroisaient sur le pied.

Après avoir noué ses cheveux en un chignon souple – élégant sans être trop apprêté –, elle avait hésité à passer à son doigt sa bague de fiançailles et son alliance.

Au bout de quelques instants de réflexion, Keren avait conclu qu'elle n'y était pas prête. Ouvrant le coffret à bijoux, elle s'était laissé submerger par les souvenirs qui s'en échappaient. En définitive, elle avait opté pour les créoles en or que Yannis lui avait offertes pour célébrer leur premier mois de vie commune, et trois bracelets – également en or – qui scintillaient gaiement à la lumière.

Pour l'instant, Yannis continuait à la détailler de la tête aux pieds d'un regard plein d'admiration. Keren vit sa poitrine se gonfler, ses narines palpiter, puis il déclara :

— Tu es très belle. Comme toujours. Et ta robe est ravissante.

L'anxiété qui taraudait Keren s'évapora. Elle sourit.

— Voilà une réponse qui me fait plaisir, fit-elle.

Au lieu de lui retourner son sourire, Yannis se passa nerveusement la main dans les cheveux avec un grand soupir.

— Je n'aurais jamais dû te critiquer comme je l'ai fait parfois, dit-il. C'était dans l'intention de te protéger de la malveillance du monde qui m'entoure, mais c'était une erreur. Tu n'as nul besoin de ma protection. Pas de cette manière en tout cas.

Il s'interrompit avec une grimace contrite, haussant les épaules avant de poursuivre :

— Je m'en veux terriblement de t'avoir donné l'impression que tu n'étais pas à la hauteur. Parce que c'est faux ! Tu es parfaite. Tu l'as toujours été. Je ne pourrais pas souhaiter une autre femme que toi à mes côtés. Pour le restant de mes jours.

La gorge nouée par l'émotion, Keren franchit d'un pas malhabile la distance qui la séparait de Yannis. Elle n'avait pas marché sur des talons aussi hauts depuis fort longtemps et, même si elle avait pris le temps de s'exercer avant de le rejoindre, se déplacer avec aisance sur ces échasses n'était pas chose facile.

Elle se cramponna à une épaule qu'elle savait encore marquée de la trace laissée par ses ongles.

Lui prenant l'autre main, Yannis la porta à ses lèvres.

— Nous ferions mieux d'y aller, dit-il avec ce sourire carnassier qu'elle ne lui connaissait que trop bien. Sinon, je ne garantis pas que cette jolie robe n'ait à en souffrir. Malheureusement, la voiture nous attend.

Nouant ses doigts aux siens, Keren frotta son nez contre le cou de Yannis.

— Il te faudra patienter jusqu'à notre retour, murmura-t-elle.

Main dans la main, ils quittèrent leur chambre. Lorsqu'ils passèrent devant la nurserie, Keren sentit son estomac se nouer. Comme chaque fois.

Une impulsion subite la poussa à poser une question qui l'avait taraudée toute la journée :

— Pourquoi as-tu tout gardé en l'état ?

Il n'était pas nécessaire qu'elle en dise davantage.

— Je n'avais pas le droit d'y toucher, répondit Yannis. C'est une décision qui nous incombe à tous les deux, quand le moment sera venu. Que voudrais-tu que nous en fassions ?

— Nous en discuterons une autre fois. Pour l'instant, concentrons-nous sur ta rencontre avec cette affreuse Legarde. Et moi, sur celle avec tes parents.

— Cela te rend nerveuse ?

— Un peu. Est-ce qu'ils me détestent ?

— Non. Ils seront même très heureux de te revoir.

— Tu les as avertis de ma présence ?

— Pas directement. J'ai demandé à Andreas de s'en charger. C'est lui qui viendra nous chercher à l'aéroport.

— Parfait !

Keren s'était toujours merveilleusement entendu avec le frère aîné de Yannis. Et encore davantage avec son époux.

Tout à coup, elle marqua une pause.

— Mon passeport ! s'exclama-t-elle.

Ils avaient beau voyager dans un jet privé, Agon était un état souverain. Pénétrer sur le territoire grec nécessitait un passeport. Or, elle avait laissé le sien dans son sac banane.

Le sourire dont Yannis la gratifia fit naître le doute dans l'esprit de Keren.

— Qu'est-ce qu'il y a ? s'enquit-elle.

Il glissa une main dans la poche intérieure de sa veste dont il extirpa deux passeports devant ses yeux écarquillés.

— C'est toi qui l'as ?

— Le laisser sur le bateau n'était pas très prudent.

— Mais comment as-tu fait pour le trouver ?

— Je te connais assez pour savoir que tu es très soucieuse de ta sécurité. Tu ne pouvais l'avoir rangé que dans un endroit facile d'accès, en cas de nécessité. Ton sac. D'ailleurs, celui-ci est à l'abri dans mon coffre.

Mains sur les hanches, Keren contempla Yannis avec incrédulité.

— Alors, tu es en possession de mes papiers, de mon téléphone et de mon argent depuis le début ?

Sans se démonter le moins du monde, Yannis répondit :

— Si tu avais accepté de déposer les documents du divorce dans le coffre, comme je te le proposais, tu y aurais trouvé ton sac.

Keren secoua la tête.

— Tu es incroyable ! souffla-t-elle.

— En amour comme à la guerre, tous les coups sont permis, *glyko mou* !

— Crois bien que je ne l'oublierai pas !

Elle avait eu beau lancer cette apostrophe en levant haut

un menton belliqueux, Keren ne pouvait s'empêcher d'être secrètement ravie.

En amour comme à la guerre...

Yannis avait bel et bien parlé... d'amour.

La demeure des parents de Yannis était une imposante construction de style néoclassique, plantée au beau milieu du quartier ancien de Plaka, à deux pas du musée de l'Acropole. Keren adorait l'animation de ce que les Athéniens eux-mêmes qualifiaient de secteur béni des dieux, avec son mélange d'archéologie classique et de dynamisme culturel.

La bâtisse était entourée d'un vaste jardin clos, ceint de murs de terre cuite. Il était peuplé de statues et de poteries gigantesques contenant des oliviers séculaires.

Lorsqu'ils arrivèrent, en compagnie d'Andreas et Pavlos, une foule d'invités s'y pressait déjà. Quand bien même Keren refusait de s'avouer à quel point elle appréhendait la soirée, son estomac épouvantablement noué trahissait sa nervosité. Rares étaient ceux, parmi l'élégante assistance, qui devaient ignorer qu'elle et Yannis étaient en instance de divorce. Les regards étonnés et les commérages dissimulés derrière des mains baguées iraient bon train.

Yannis avait eu beau lui assurer que Nina et Aristidis ne lui tenaient pas rancune de son abandon du foyer conjugal, Keren ne doutait pas qu'ils aient du mal à lui réserver un accueil aussi chaleureux que celui d'Andreas et Pavlos. Tous deux lui avaient prodigué des effusions qui l'avaient pratiquement laissée sans un souffle d'air dans les poumons, lui assurant qu'ils étaient sincèrement heureux de la revoir.

Le nœud qui ligotait l'estomac de Keren se resserra davantage lorsqu'elle aperçut la haute silhouette d'Aristidis fendant l'assistance dans leur direction, suivie par l'impeccable coiffure de Nina s'agitant dans son sillage.

Enfin ils furent devant eux.

Dans un premier temps, les parents de Yannis se contentèrent d'embrasser leurs deux fils, ainsi que l'époux d'Andreas, sans même sembler remarquer la présence de Keren. Puis, ils se tournèrent vers elle, sous les regards indiscrets de l'assemblée.

Retenant sa respiration, Keren s'efforça de ne pas céder à la panique. L'examen minutieux auquel la soumirent ses beaux-parents lui sembla durer un siècle. Puis, un timide sourire se peignit sur le visage de Nina, et Keren se retrouva suffoquée par une étreinte parfumée qui l'obligea à expirer le peu d'air qu'elle retenait encore.

— Comme je suis heureuse de te revoir, *kopelia mou*, déclara Nina en se reculant. Tu nous as tant manqué, ma chérie !

Manifestement, Aristidis ne voulait pas être en reste, et il écarta son épouse pour planter quelques baisers sonores sur les joues de sa belle-fille.

Décontenancée par cet accueil enthousiaste, Keren s'efforça de répondre à l'unisson. Si l'idée que de telles manifestations d'affection n'avaient d'autre but que de satisfaire la galerie l'avait effleurée, les larmes brillant dans les yeux de Nina lui démontrèrent qu'il n'en était rien, et elle-même sentit ses paupières s'humecter.

Jamais, au grand jamais, Keren n'aurait imaginé pareille réception !

Nombre d'invités se pressaient autour de leur petit groupe, et elle dut céder à bien des débordements amicaux avant de pouvoir suivre ses hôtes vers l'extrémité du jardin où était installée une petite estrade entourée de sièges placés en demi-cercle. Ce soir, Nina et Aristidis organisaient une vente aux enchères d'un genre très particulier.

Afin de rassembler des fonds pour une œuvre de charité, les objets les plus farfelus étaient proposés aux enchérisseurs pour des sommes extravagantes. Ainsi, Keren ne tarda-t-elle pas à éclater d'un rire sincère en voyant Aristidis conclure, d'un coup de marteau définitif, l'achat par son fils cadet d'un lot de cartes illustrées pour enfant à un prix totalement insensé.

Elle avait oublié que la bonne société était aussi capable de se moquer d'elle-même.

Ce n'était pas la seule chose que Keren avait oubliée, d'ailleurs, songea-t-elle. À commencer par l'affection que Nina lui avait prodiguée lors de la perte de Sophia.

Après sa sortie d'hôpital, sa belle-mère avait passé deux semaines à la villa, s'occupant d'elle avec autant de dévouement que l'aurait fait sa propre mère. C'était, d'ailleurs, l'assurance que Nina se mettrait en quatre pour les remplacer auprès de leur fille qui avait dissuadé les Burridge d'entamer un voyage forcément stressant pour eux – le simple fait de venir assister au mariage de Keren, à Agon, avait été l'expérience la plus traumatisante de leur vie.

Englobant d'un même regard attendri Nina et Aristidis, Keren se demanda comment, diable, elle avait pu effacer de sa mémoire les soins dont tous deux l'avaient entourée.

Émue presque aux larmes, elle se remémora les paroles que son beau-père lui avait murmurées à l'oreille après l'enterrement :

« Ne crains pas d'affronter la douleur, *kopelia mou*. Et, quand ce sera trop dur, Nina et moi serons toujours là pour toi. Tu es notre fille, et nous t'aimons tendrement. »

Clignant frénétiquement des paupières, Keren lutta pour contenir son émotion.

— Tout va bien ? demanda Yannis, en se penchant à son oreille.

Tout en hochant la tête avec autant d'entrain que possible, Keren plaqua un sourire sur son visage.

— Montre-moi qui est Jeanie Legarde, dit-elle pour trouver un sujet de conversation sans danger.

— Ne te retourne pas trop vite, mais elle est à deux rangs derrière nous, répondit Yannis. Sur ta gauche, la femme aux cheveux gris et aux lunettes en écaille.

Luttant contre sa curiosité, Keren attendit un instant avant de tourner la tête. Il ne lui fut pas difficile de repérer l'affreuse bonne femme.

À sa grande surprise, Keren se sentit envahie par une émotion qui ressemblait furieusement à de la haine. La violence de sa réaction à l'égard d'une femme qu'elle ne connaissait même pas la terrifia.

— Cesse de la fixer, la sermonna Yannis à mi-voix, lui prenant la main.

Keren reporta son attention sur l'enchère en cours pour le dernier lot à la vente. Tandis que les chiffres s'égrenaient, elle s'interrogea sur les raisons pour lesquelles elle se mettait dans un tel état à l'égard d'une simple relation d'affaires des Filipidis.

Soudain, elle prit conscience de ce qui se passait en son cœur, et cette découverte la mit au bord du malaise.

N'était-ce pas un vestige de la manière dont elle avait toujours pris fait et cause pour Yannis chaque fois qu'il lui faisait part d'une quelconque difficulté en affaires ?

Or, cela remontait à l'époque où ils fonctionnaient comme une sorte d'équipe – imparfaite, certes, mais riche de tant de moments de bonheur. En ce temps-là, tous deux parvenaient à mettre de côté leurs différences et à prendre les choses comme elles venaient.

Malheureusement, peu à peu, lesdites différences avaient généré des différends, et leur amour s'était changé en haine.

Mais une petite graine d'amour s'était logée sous ces tombereaux d'aversion, attendant de germer à nouveau. Ce qui n'avait pas manqué de se produire.

Cette petite graine ne méritait-elle pas qu'on lui donne la possibilité de croître et d'embellir ? Eux-mêmes n'avaient-ils pas droit à une seconde chance ?

Certes, Keren s'était sentie libre comme l'air loin de Yannis, mais jamais elle n'avait connu ne serait-ce qu'une parcelle du bonheur qu'il lui avait fait vivre quand tout allait bien entre eux.

Hélas, cela ne lui faisait pas oublier combien elle avait été malheureuse au cours des derniers mois passés auprès de lui ! Était-il raisonnable de prendre le risque de revivre pareille souffrance ?

Le regardant s'éloigner pour rejoindre son frère et leur cliente, Keren s'absorba dans les questions qui la taraudaient.

Devait-elle prendre le risque d'offrir à nouveau son cœur à Yannis ? Pouvait-elle lui faire confiance lorsqu'il disait qu'il ne se détournerait plus jamais d'elle ? Ne cachait-il pas les « vraies » raisons qui lui faisaient souhaiter qu'elle revienne ?

— Ne bouge pas, je vais nous chercher quelque chose à boire ! claironna Pavlos qu'elle n'avait pas vu arriver dans son dos.

Avec un soupir de soulagement, Keren opina du chef. Passer un moment avec Pavlos lui ferait oublier toutes ces interrogations. Elle s'entendait à merveille avec l'adorable époux d'Andreas – un compagnon plein de fantaisie.

Attrapant deux verres sur le plateau d'un serveur, Pavlos lui fit signe de le rejoindre à une petite table, à l'écart des invités, d'où ils pourraient surveiller l'entretien entre les frères Filipidis et la terrible Jeanie Legarde.

Mais à peine Pavlos et Keren s'étaient-ils assis qu'ils virent arriver Nina et sa sœur Ariadne. Tandis que Pavlos entamait une conversation animée avec cette dernière, Nina s'installa tout près de Keren et lui prit une main entre les siennes.

— Tu n'imagines pas à quel point je suis heureuse de ton retour parmi nous, déclara Nina à mi-voix. J'ai prié chaque jour pour que tu nous reviennes. Aujourd'hui, c'est la première fois que je vois mon fils sourire depuis ton départ.

La gorge nouée, Keren était incapable d'autre chose que de planter son regard dans les beaux yeux bleus dont Yannis avait hérité. Elle cherchait quelque chose à répondre, lorsqu'une voix de stentor appela :

— Nina ? Viens voir ici, s'il te plaît !

Faisant de grands signes à sa femme, Aristidis indiquait manifestement qu'elle devait le rejoindre auprès des personnages importants avec lesquels il s'entretenait.

Nina gratifia Keren d'un clin d'œil, déposa un rapide baiser sur sa joue, puis obtempéra.

Rapprochant sa chaise de Pavlos et Ariadne, Keren se mêla à leur conversation, jusqu'à ce que celle-ci les abandonne à son tour pour se mêler aux invités.

— À ton avis, comment ça se passe ? demanda Keren dès qu'elle fut seule avec son beau-frère, désignant du menton Yannis et Andreas, toujours en grande conversation avec Jeanie Legarde.

— Je dirais que ça va plutôt bien, répondit Pavlos à l'instant même où Jeanie partait d'un grand rire.

Rassurée, Keren s'absorba sans difficulté dans le récit qu'entreprit Pavlos de tous les potins qui lui avaient échappé au cours de sa longue absence. Elle n'était pas particulièrement amatrice de ce genre de choses, mais Pavlos racontait avec un tel humour qu'elle ne pouvait qu'apprécier.

Tout en l'écoutant, elle risquait de temps en temps un coup d'œil en direction de Yannis. Comme s'il en avait conscience, il lui retournait presque aussitôt un bref regard. Même à distance, cela suffisait pour que Keren sente un frisson d'excitation courir dans ses veines et qu'elle ait du mal à se concentrer sur ce que disait Pavlos.

— Est-ce que ton retour est définitif ? s'enquit-il tout à trac.

Que répondre ? s'interrogea Keren en mordillant sa lèvre inférieure. Elle était incapable de prendre une décision. Et, de toute façon, c'était avec Yannis qu'elle devait avoir cette conversation. Pas avec son charmant beau-frère, lequel commençait à avoir bu bien plus que de raison.

— Désolée, Pav, répondit-elle, mais je préfère ne pas parler de ça pour l'instant.

Pavlos roula des yeux exaspérés.

— Comme tu veux, fit-il. Mais laisse-moi te dire que ça nous soulagerait tous que tu te réinstalles avec ton mari. Il est épouvantable depuis ton départ.

— Comment cela ?

— Infect avec tout le monde !

Une lueur malicieuse brilla dans les yeux de Pavlos, et il se pencha vers Keren.

— Qui plus est, ajouta-t-il à voix basse, si tu reviens, ça nous permettra de souffler, Andreas et moi. Aristidis n'arrête pas de gémir qu'il faut absolument donner un héritier à la famille, et Nina nous bombarde d'allusions sur les possibilités d'adoption. Pourtant, ils savent pertinemment que nous ne voulons pas d'enfants ! Je m'étonne qu'elle ne t'ait pas accueillie avec une couronne d'orchidées, puisque c'est censé favoriser la fertilité, et…

Plaquant une main horrifiée sur sa bouche, Pavlos s'interrompit brutalement.

— Oh ! souffla-t-il en agrippant les mains de Keren. Pardonne-moi, ma chérie ! Je suis tellement heureux de te revoir. Je me suis laissé emporter par l'enthousiasme, et j'ai oublié que…

— Ce n'est pas grave, le coupa Keren.

Pavlos n'avait pas pensé à mal, se rassura-t-elle, tout en se demandant comment elle parvenait à demeurer aussi calme. La diction de son beau-frère indiquait clairement qu'il avait suffisamment avalé de cocktails pour ne plus avoir toute sa lucidité. Et, quand bien même il eût été sobre, ce n'était certainement pas avec lui qu'elle aurait eu la force d'évoquer la mort de sa petite Sophia.

— Je suis désolée que Nina et Aristidis vous aient soumis à une telle pression, ajouta-t-elle pour couper court.

— Oh ! ça va mieux depuis que Yannis s'est engagé à te faire revenir !

Keren se sentit blêmir.

— Que veux-tu dire ?

Pavlos ingurgita ce qui restait dans son verre, avant de répondre d'une voix encore plus pâteuse :

— Eh bien, il y a eu une scène terrible entre lui, Andreas et leur père. Tous les deux ont fini par lui poser un ultimatum.

— Quel ultimatum ? Que lui ont-ils dit ?

Pour un peu, Keren aurait pris Pavlos aux épaules pour le secouer. Après avoir étouffé un ou deux hoquets, il lâcha :

— Que, s'il ne parvient pas à te convaincre de revenir, ils le mettront à la porte de leur affaire !

11.

Faisant appel à toute sa volonté, Keren se contraignit à garder son calme. Avait-elle bien compris les propos de Pavlos ? Il avait un peu trop bu, et elle tenait à s'assurer qu'elle ne se méprenait pas.

Approchant son visage du sien, de manière à capter son attention, elle demanda d'une voix posée :

— Ai-je bien compris ? Aristidis et Andreas ont menacé Yannis de l'exclure de la société s'il ne parvenait pas à me faire revenir ?

Pavlos eut une moue contrite.

— C'est vrai, dit-il. Mais c'est plus compliqué que cela.

— Tu m'as dit que le comportement de Yannis n'avait pas été des plus satisfaisants ? Est-ce la raison pour laquelle ils envisageaient de le mettre sur la touche ? Ou bien était-ce un ultimatum pour qu'il donne enfin un héritier à la dynastie Filipidis ?

Au comble de l'embarras, Pavlos secoua la tête.

— Je suis désolé, gémit-il. J'en ai trop dit. Andreas va me tuer.

— C'est moi qui vais te tuer si tu ne me dis pas la vérité ! Est-ce que cela est entré en ligne de compte, oui ou non ?

— Keren…, larmoya Pavlos.

Yannis, Andreas et Jeanie venaient de sortir de la maison et se dirigeaient vers eux. Keren n'aurait su dire comment elle réussit à ne pas hurler lorsqu'elle répéta :

— Oui ou non, Pavlos ?

Il ferma les yeux et souffla :

— Oui…

À peine trois secondes plus tard, Yannis et les deux autres les rejoignaient. Ces trois secondes suffirent à Keren pour se composer un masque et les accueillir avec un sourire.

S'inclinant vers elle, Yannis déposa un baiser sur ses lèvres, puis la présenta à Jeanie Legarde.

Le cercle s'élargit à de nouveaux venus, et d'autres cocktails furent apportés. Dans la douceur de cette soirée d'été, tout un aréopage de nantis se réjouissait d'avoir mobilisé une somme considérable pour une noble cause, tout en profitant de la légendaire hospitalité des Filipidis.

Tous étaient détendus, hormis Keren.

Si son passeport n'avait pas été hors d'atteinte, dans la poche de veste de Yannis, elle s'en serait emparée pour fuir à toutes jambes loin de la villa.

Néanmoins, elle gardait le sourire, participait aux conversations, affichait une expression enjouée, tout en feignant de ne pas voir le regard soucieux que Yannis posait sur elle à certains moments.

Et en se retenant de grimacer lorsqu'il la touchait.

C'était comme si une armée de fourmis grouillait sur son corps. Si elle l'avait pu, Keren se serait engouffrée à leur suite sous le plus proche rocher, pour s'y réfugier autant que pour se punir de sa stupidité.

Au lieu de quoi, elle trouva même l'énergie de narrer à l'assistance – sur l'instigation de Yannis – la raison pour laquelle elle se prénommait Keren et non Karen. C'était une histoire qui faisait mourir de rire Yannis. Cependant, elle se dispensa d'entrer dans des détails que personne n'avait à connaître.

Keren avait souffert d'hypertension artérielle au cours de sa grossesse, tout comme sa mère. Pendant les dix jours suivant l'accouchement, cette dernière avait été à l'article de la mort. Une génération plus tard, il en avait été de même pour Keren.

La grande différence, c'était qu'aujourd'hui toutes deux étaient en vie. Ce n'était pas le cas pour Sophia…

— Ma mère a dû être hospitalisée pendant quelques jours à ma naissance, expliqua-t-elle. Aussi ce fut mon père à qui elle confia le soin d'aller faire la déclaration à la mairie. Malheureusement, il a eu l'idée de s'arrêter à son travail pour annoncer la bonne nouvelle. Bien sûr, ses collègues l'ont entraîné au pub pour fêter ça. Mon père n'avait jamais bu de sa vie, et il ne tient pas l'alcool. Quand il est arrivé au bureau de l'état civil, il avait tant de mal à s'exprimer que l'employé n'a pas compris mon prénom. Lorsque mon père a réalisé sa bêtise, l'enregistrement était fait, et c'était trop tard pour changer. Il a été tellement mortifié qu'il a mis deux mois à avouer la chose à ma mère.

Malgré sa colère, cette dernière avait fini par aimer ce prénom dont elle trouvait qu'il convenait parfaitement à son originale de fille.

En pensant à sa famille, Keren fut tout à coup submergée par la nostalgie.

Pourquoi avait-il fallu qu'elle soit aussi différente de ses parents ? Si elle leur avait ressemblé davantage, elle serait maintenant établie dans leur petite ville, probablement mariée avec un gentil gars du coin, et ils feraient des plans pour construire une maison… Une vie calme et paisible.

Keren décida qu'elle ferait route vers l'Angleterre dès que Yannis se résoudrait à lui rendre son bateau. Elle n'avait pas vu ses parents depuis le Noël précédent.

Au moins, eux s'efforçaient de la comprendre, même si cela leur était difficile. Et ils l'avaient toujours soutenue. Ils l'aimaient.

La seule personne qui l'ait jamais vraiment comprise était Yannis. Mais son soutien n'était qu'hypocrisie. Et elle avait été stupide de se figurer qu'il l'aimait encore.

Il la connaissait si bien qu'il avait trouvé les mots et les gestes exacts pour la reconquérir. Sans l'intervention d'un Pavlos éméché, Keren s'y serait laissé prendre.

Il était tard lorsque la réception se termina, et Andreas et Pavlos décidèrent de profiter du jet de Yannis pour quitter Athènes. Pavlos ayant sombré avant même que l'avion ne décolle, les deux frères eurent tout loisir de mettre Keren au courant de leur entretien avec Jeanie Legarde. Bien que la rencontre eût débuté sous de sombres auspices, l'héritière du grand couturier s'était laissé convaincre de traiter avec le Cabinet Filipidis, sans demander le moindre rabais sur leur commission. Il n'y avait qu'à voir les regards admiratifs qu'Andreas lançait à son cadet pour comprendre que c'était lui qui pouvait s'attribuer ce succès.

Cela ne surprenait nullement Keren. Comment aurait-elle ignoré que Yannis était un négociateur de génie ? Il aurait été capable de vendre un réfrigérateur à des Esquimaux ! Il suffisait qu'il vous fixe de son regard d'azur, et vous accorde toute son attention pour que l'on soit prêt à lui manger dans la main. Ne lui avait-il pas suffi d'une seule journée pour renverser les remparts dont Keren avait protégé son cœur ?

Il était pratiquement deux heures du matin lorsque la limousine de Yannis les déposa à la villa, avant de poursuivre sa route pour conduire Andreas et Pavlos à leur appartement du centre d'Agon, plus éloigné de l'aéroport.

À peine sortie du véhicule, Keren fut submergée par le soulagement de pouvoir laisser tomber le masque de bonhomie qu'elle s'était contrainte à garder depuis que Pavlos avait largué une bombe dans son cœur.

Mais son soulagement fut de courte durée. Ce qu'il n'allait pas manquer d'advenir ensuite requerrait qu'elle endosse une cuirasse inattaquable.

En effet, la porte de la villa s'était tout juste refermée sur eux que Yannis prit Keren dans ses bras et écrasa ses lèvres sur les siennes.

Les poings serrés, bras le long du corps, elle dut lutter contre l'explosion de sensations que même la paralysie de son cerveau ne parvenait pas à empêcher.

S'écartant d'elle, Yannis la prit par les épaules.

— Qu'est-ce qui ne va pas ? demanda-t-il.

D'un geste brusque, Keren se dégagea de l'emprise de ses mains. Rassemblant tout son courage, elle se força à le regarder en face. Elle ne voulait plus jamais contempler ces beaux yeux.

— J'ai décidé de ne pas rester, dit-elle. Arrange-toi pour que la personne qui a subtilisé mon bateau me le restitue immédiatement. Je t'en serai reconnaissante.

Elle vit le choc dilater les pupilles azurées. Des tics parcoururent les lèvres sensuelles. Puis, Yannis les étira en un sourire crispé.

— Si c'est une plaisanterie, dit-il, elle est excellente.

— Je ne plaisante pas.

Pivotant sur ses talons, Keren fonça vers le bureau de Yannis, lançant par-dessus son épaule :

— Je pars, et je ne reviendrai pas.

L'estomac noué, harassée par les longues heures passées à jouer la comédie de la bonne humeur, elle ne se sentait pas la force de supporter un affrontement.

Ni même de s'interroger sur sa propre stupidité pour s'être laissé prendre aux jeux cruels pratiqués par Yannis. La malveillance dont il avait fait preuve à son égard depuis leur rupture aurait pourtant dû la mettre en garde.

Bien sûr, Yannis n'hésita pas à lui emboîter le pas.

— Que s'est-il passé ? s'enquit-il.

Keren ne put s'empêcher de répondre d'un ton amer :

— Je sais tout, Yannis !

Avant même qu'elle ait eu le temps d'ouvrir la porte du bureau, Yannis lui agrippa le poignet.

— Que veux-tu dire ? s'enquit-il.

Horrifiée de constater que le contact des longs doigts faisait, malgré tout, courir des frissons sur sa peau, Keren se dégagea et le fusilla d'un regard dans lequel elle mit tout son mépris.

— Je sais que ton père et ton frère t'ont posé un ultimatum. Soit tu me ramenais au bercail pour donner un héritier à ta famille, soit ils t'évinçaient de l'affaire.

Keren vit Yannis blêmir sur-le-champ. Il ouvrit la bouche, mais aucun son n'en sortit tandis qu'il déglutissait avec peine.

— Je te remercie de ne pas nier, conclut-elle en pénétrant dans le bureau.

— Ça ne s'est pas vraiment passé de cette façon, rétorqua Yannis d'une voix étranglée. Assieds-toi, et je vais tout t'expliquer. Laisse-moi te servir à boire.

Au bord de la nausée, Keren se dirigea vers le coffre.

— Je n'ai besoin de rien, hormis de mon bateau, répliqua-t-elle. Alors prends ton fichu téléphone, et donne l'ordre qu'on me le ramène.

Tout en parlant, elle avait actionné le mécanisme d'ouverture du coffre et, avec un pincement au cœur, elle constata que le code n'avait pas changé ; c'était toujours la date de leur mariage.

Comme Yannis l'en avait assurée, son sac banane était bien là. C'était probablement la seule chose sur laquelle il n'avait pas menti. Le sac contenait toujours son argent et son téléphone portable – malheureusement déchargé. Elle ajouta dans le petit sac le passeport qu'elle avait réussi à récupérer dans la veste de Yannis pendant le vol depuis Athènes.

Fermant brièvement les yeux, Keren prit une profonde inspiration avant de se tourner pour l'affronter.

Aussi immobile qu'une statue, Yannis la fixait avec une expression tellement crispée que ses pommettes semblaient sur le point de transpercer la peau de son visage.

Il s'éclaircit la voix puis souffla :

— Keren…

Le chagrin qui transperça le cœur de Keren aurait pu la plier en deux s'il ne s'était pas accompagné d'une bouffée de colère.

— Ordonne qu'on me ramène mon bateau immédiatement ! s'écria-t-elle. Ou je vais au poste de police dire qu'on me l'a volé. Et je me fiche d'y aller pieds nus, au milieu de la nuit.

Une veine battait follement à la tempe de Yannis, mais il prit son portable dans sa poche et entreprit de faire défiler la liste de ses contacts.

— Mets le haut-parleur ! ordonna Keren. Et je te préviens : si mon bateau n'est pas dans la crique au lever du soleil, j'écrirai sur mon blog toutes les saletés que tu m'as faites, espèce de monstre égoïste !

Quand bien même l'un comme l'autre savaient qu'elle ne comprendrait pas grand-chose à ce qu'il dirait, Yannis obtempéra. En quelques phrases saccadées, il donna ce qui ressemblait fort à des ordres à une personne qui répondit d'une voix ensommeillée.

Une fois qu'il eut raccroché, Keren parvint à ravaler un peu de sa fureur et approuva d'un signe de tête.

— Parfait ! dit-elle en gratifiant Yannis d'un sourire crispé. Maintenant, je monte me changer. Inutile de me suivre !

Serrant le précieux petit sac sur son cœur, Keren grimpa l'escalier quatre à quatre, puis se barricada dans la penderie. En hâte, elle enfila une robe légère, arracha les épingles qui retenaient ses cheveux en chignon et lança sur la commode les bijoux qu'elle avait portés, avant de remettre les boucles d'oreilles offertes par ses parents. Enfin, elle enfila ses vieilles sandales plates.

Son seul moment d'hésitation fut lorsqu'elle passa devant la porte de la chambre d'enfant et tendit la main vers la poignée.

Non ! s'intima-t-elle, la retirant avant d'ouvrir.

Elle n'allait pas s'infliger une nouvelle fois la douleur de pénétrer dans cette pièce où tout attendait une enfant qui n'y vivrait jamais.

Elle s'assiérait plutôt près de Sophia, sous le pêcher, pour attendre avec elle le lever du soleil. Elle lui dirait que tout allait bien, que maman ne tarderait pas à revenir la voir.

Dévalant l'escalier, Keren se précipita vers la porte d'entrée. À sa grande horreur, elle était verrouillée. D'une main nerveuse, Keren tapa le code du système de sécurité. En vain !

Yannis avait dû le modifier. Furieuse, elle tapa du pied.

— Toutes les portes et fenêtres de la villa sont bloquées. Je désactiverai la combinaison lorsque nous aurons parlé.

Faisant volte-face, Keren découvrit Yannis sur le seuil

du grand salon. Il s'était débarrassé de sa veste et du nœud papillon. Les deux premiers boutons de sa chemise étaient défaits. Les cheveux en bataille, il avait en main un verre vide.

Rassemblant toutes ses forces pour cadenasser son cœur, Keren le dévisagea d'un regard glacial.

— Je n'ai rien à te dire, lança-t-elle d'une voix sourde, et je n'ai pas l'intention de t'écouter.

Yannis haussa les épaules.

— Ça te regarde, répliqua-t-il, mais j'ai des choses à dire et je compte bien aller jusqu'au bout. Le soleil ne se lèvera que dans trois heures. Tu peux te boucher les oreilles jusque-là si ça te chante.

La lueur d'acier dans ses prunelles signifiait clairement qu'il ne se laisserait pas détourner de son dessein.

Très bien, résolut Keren. S'il tenait tant à s'exprimer, libre à lui ! Le plus vite ce serait fait, le plus vite elle pourrait s'échapper de ce trou à rats, loin de son hypocrite geôlier.

Se cramponnant toujours à son sac, elle emboîta le pas à Yannis qui gagna le bar, à l'autre bout du salon.

— Que veux-tu boire ? fit-il.

— Rien. J'ai besoin d'avoir l'esprit clair pour manœuvrer hors de la crique.

Le regard de Yannis la défia un bref instant, puis il passa derrière le bar d'où il sortit une bouteille de bourbon et une de soda. Il poussa celle-ci vers Keren ainsi qu'un verre.

Accrochant le sac banane autour de sa taille, elle se hissa sur l'un des hauts tabourets, préférant cela à l'un des confortables fauteuils bas qui entouraient le bar. Ils lui rappelaient trop de moments agréables, en compagnie de Yannis.

En revenant sur l'île, elle savait que de douloureuses expériences l'attendaient. Ce qu'elle n'avait pas imaginé, c'était qu'elle allait rouvrir des blessures à peine refermées.

Keren ne pouvait s'empêcher de s'en vouloir pour cela. Car c'était de son propre chef qu'elle s'était précipitée tête baissée dans les ennuis. Comment avait-elle pu négliger le fait que Yannis s'était révélé sous son véritable jour au cours des dix-huit mois passés loin de lui ?

Il avait suffi qu'il la désire avec une passion renouvelée – semblable à celle qui avait scellé leur relation – pour qu'elle laisse s'épanouir la petite graine de l'amour cachée au fond de son cœur…

Elle n'avait pas eu la force de résister au sentiment d'avoir enfin trouvé sa place, qu'elle éprouvait auprès de Yannis. Fallait-il qu'elle ait été stupide pour ne pas comprendre qu'il ne l'aimait plus ? Qu'il se jouait d'elle ?

Faisant le tour du bar, Yannis vint s'y adosser. Il braqua son regard sur elle, et Keren s'obligea à ne pas détourner les yeux. Cependant, elle était incapable de le fixer. S'attarder dans la contemplation de ce beau visage mâle ne pourrait que l'affaiblir. Or, elle avait besoin d'être forte.

— Il est vrai que mon père et mon frère m'ont posé un ultimatum, attaqua Yannis. Mais cela n'avait rien à voir avec le fait de donner un héritier à la lignée.

Keren haussa les épaules.

— Je me moque bien de savoir quelles étaient leurs motivations, dit-elle. À vrai dire, je n'aurais jamais dû être assez stupide pour te croire, toi, quand tu disais vouloir me reconquérir. Tu venais de passer dix-huit mois à faire tout ton possible pour me pourrir la vie. Pourquoi aurais-tu changé subitement ton fusil d'épaule ?

Avec un profond soupir, Yannis se passa nerveusement la main dans les cheveux, y mettant encore plus désordre. Curieusement, le voir ainsi échevelé serrait le cœur de Keren.

— Je n'ai jamais souhaité que tu t'en ailles, Keren, rétorqua-t-il d'une voix sourde.

— C'est un mensonge éhonté !

— *Theos !* C'était la dernière des choses que j'aurais pu désirer !

— Parce que tu n'as pas jeté mes valises dans le taxi, peut-être ?

— Keren, nous nous sommes déjà expliqués là-dessus.

De plus, tu n'arrêtes pas de me couper la parole, alors que tu prétendais être prête à m'écouter en silence.

— Je me contente de rectifier tes mensonges. Ce que tu ignores, c'est que j'étais allée jeter un coup d'œil dans l'historique de tes recherches sur Internet. J'avais vu que tu cherchais des renseignements sur les procédures de divorce, si tu veux le savoir.

Sa diatribe tomba dans un silence lourd. Yannis semblait sous le choc. Puis, Keren vit son visage s'assombrir. Il inclina la tête, exhalant un long soupir.

— Pourquoi ne m'as-tu rien dit à ce moment-là ?

— Tout simplement parce que je n'étais pas censée fouiller dans ton ordinateur. Mais tu le refermais brusquement chaque fois que je te surprenais dessus. Je me suis bien doutée que tu cachais quelque chose.

— Tu aurais pu me demander des explications. C'est ce que j'aurais fait dans pareille situation.

— À quoi bon ? Nous savions, l'un comme l'autre, que tout était fini entre nous. D'ailleurs, quelques jours plus tard, tu as invité Marla à cette soirée officielle pour bien m'humilier.

Yannis ferma les yeux, et soupira une nouvelle fois.

— C'était pour te rendre jalouse, rectifia-t-il.

— Quoi ?

De nouveau, il se passa la main dans les cheveux.

— Je voulais juste te faire réagir. Je savais que j'étais en train de te perdre, et ça me terrifiait.

Comme si elle avait reçu un coup de poing au plexus, Keren ne put que répéter d'une voix à peine audible :

— Quoi ?

— Je jouais ma dernière carte pour te ramener à moi. Malheureusement, ça a eu l'effet contraire.

Keren avait l'impression que l'armée de fourmis était revenue se répandre sur son corps.

— Mais c'est toi qui ne m'aimais plus, souffla-t-elle.

— Non !

— Enfin, tu passais tes nuits le dos tourné à moi ! Tu ne me touchais plus !

Malgré elle, Keren avait haussé le ton, et elle s'interrompit afin de retrouver une voix mesurée.

— J'étais devenue un meuble, reprit-elle. Et tu as toi-même reconnu que tu étais obsédé par l'idée de tout contrôler dans ma vie. Tu ne supportais pas que je fasse quoi que ce soit sans ta permission !

— Pour l'amour du ciel, Keren, tu ne comprends pas que j'étais mort de peur à l'idée que tu puisses m'échapper ! Plus j'essayais de te retenir, plus tu me fuyais. J'ai conscience que je m'y prenais aussi mal que possible. Aujourd'hui, je ferais les choses tout à fait différemment. Pour rien au monde, je ne revivrais cette période. Et je me ferais hacher menu plutôt que de t'imposer à nouveau une seule seconde de cet enfer…

— N'y pense même pas, gémit Keren, voyant trop bien à quoi Yannis voulait en venir.

Il prit une gorgée de bourbon, puis inspira profondément.

— Mais je ne pense qu'à ça, *glyko mou* ! Est-ce que tu as oublié à quel point nous avons été heureux ensemble ? Comme nous nous aimions ? Et puis, nous avons perdu…

Se bouchant les oreilles, Keren ne le laissa pas poursuivre.

— Non, Yannis ! s'écria-t-elle. S'il te plaît !

Très doucement, Yannis lui prit les mains et les serra dans les siennes. Il vrilla son regard au sien. Un regard où se mêlaient compassion et détermination.

— Nous avons perdu Sophia, reprit-il. Notre bébé. Alors, tu t'es effondrée. Et, Dieu me pardonne, j'ai été impuissant à te venir en aide.

12.

Le cœur de Keren battait douloureusement dans sa poitrine, et ses battements saccadés résonnaient à ses oreilles. Le sang courait dans ses veines comme un cheval emballé. Dans sa tête, un hurlement strident retentissait en continu. Un flot de larmes inonda son visage.

Lâchant ses mains, Yannis prit son visage en coupe, effaçant les pleurs de ses pouces.

— Je suis désolé de ne pas avoir su te soutenir, dit-il d'une voix éraillée. Toute ma vie, les choses ont été faciles pour moi. Les difficultés, c'était censé n'arriver que chez les autres. Je n'étais pas armé pour faire face au malheur. Et encore moins pour venir en aide à une épouse anéantie par le chagrin. D'un seul coup, tu t'es repliée sur toi-même. C'est à peine si tu mangeais. Tout le monde disait qu'il fallait que je sois patient, que je te laisse en paix. Et Dieu sait que j'ai essayé !

— Mais je n'ai jamais demandé que tu me laisses tranquille !

Les mots étaient sortis en rafale des lèvres de Keren, manquant la suffoquer.

— Sauf que, moi, je n'en savais rien, répliqua Yannis.

S'agrippant à lui par le col de sa chemise, Keren lutta pour ravaler ses larmes.

— Tu ne cessais pas de me repousser, gémit-elle. Tu ne me désirais plus.

— C'est vrai.

La brutalité de cette réponse la fit grimacer. Elle lâcha Yannis, se préparant à l'écarter d'une bourrade.

— Pourtant, je n'ai jamais cessé de t'aimer, enchaîna-t-il. Mais j'étais totalement incapable de te faire l'amour. L'image que j'avais constamment devant les yeux, c'était celle de ton expression lorsque tu étais sortie du coma et que j'avais dû t'annoncer que nous l'avions perdue.

À entendre évoquer le moment le plus dramatique de sa vie, Keren fut submergée par une violente nausée. Néanmoins, elle ne détourna pas le regard du visage de Yannis. Car elle était fascinée par la souffrance qu'elle y lisait. La même, se rappelait-elle, que celle qui avait déformé ces traits harmonieux lorsqu'il lui avait fait part de la terrible nouvelle.

— Toi aussi, tu t'es effondré, murmura-t-elle, formulant une réalité qui venait juste de s'imposer à elle.

— Pas du tout.

— Oh ! bien sûr que si !

De nouveau, Keren se cramponna à la chemise de Yannis. Des images terribles lui revenaient à l'esprit. Elle le revoyait, secoué de sanglots désespérés lorsque l'infirmière lui avait mis dans les bras le corps sans vie de leur petite fille. On l'avait enveloppée dans une couverture rose, et elle ressemblait à une poupée, minuscule et infiniment précieuse.

Keren avait passé une semaine à l'hôpital, tandis que Yannis retrouvait une maison affreusement vide, habitée seulement par un silence assourdissant.

Une véritable torture ! songea-t-elle.

C'était la veille du jour où ils enterraient Sophia que Keren avait regagné la villa. Elle avait eu l'impression de se noyer dans des eaux sombres et troubles, tellement aveuglée par ces profondes ténèbres qu'elle n'avait pas eu conscience que Yannis s'y enfonçait avec elle.

— Tout retombait sur tes épaules, reprit-elle d'une voix brisée. Le soin de t'occuper de moi, les obsèques… Je t'ai même laissé choisir les vêtements dans lesquels nous l'avons enterrée…

Même l'idée de planter un pêcher à côté de la tombe venait

de Yannis. Dans un état second, Keren l'avait accompagné choisir l'arbre – sa première sortie depuis l'enterrement.

Elle secoua la tête, comme pour écarter les lourds nuages de chagrin qui menaçaient de la submerger à nouveau.

— Tu devais faire face à ta propre souffrance tout en portant le fardeau d'une épouse quasiment tétanisée, enchaîna-t-elle. Qui n'aurait pas été dévasté en pareille situation ?

Mâchoires crispées, Yannis fut secoué d'un violent frisson. Une plainte animale monta de sa gorge, et il attira Keren contre lui, l'étreignant farouchement.

Une étreinte qu'elle lui rendit avec la même fougue.

Le voir souffrir aussi intensément lui brisait le cœur. Pourtant, tout en caressant la tête de Yannis, nichée au creux de son cou, Keren ne pouvait s'empêcher de regretter qu'ils aient attendu deux ans pour en arriver là.

Petit à petit, Yannis se calma, puis se dégagea très doucement. Prenant, une nouvelle fois, le visage de Keren en coupe entre ses mains, il planta dans le sien un regard noyé de larmes.

— Perdre Sophia…

Il s'interrompit pour déglutir, avant de poursuivre :

— Ça a été une souffrance que je n'aurais jamais imaginée. Une seule chose aurait été plus terrible : te perdre, toi. Quand les médecins m'ont dit que je devais m'y préparer, j'ai su que je n'y survivrais pas.

De nouveau, il marqua une pause. La désolation que Keren lisait dans ses yeux, lui glaça le sang.

— Heureusement, enchaîna-t-il, tu as guéri, ce qui tenait du miracle. Quand je t'ai ramenée chez nous, tu t'es peu à peu rétablie. Mais seulement sur le plan physique. Une force incontrôlable nous avait percutés tous les deux, et elle t'entraînait loin de moi. Ton regard restait désespérément vide, et tu étais tellement fragile. *Theos !* On aurait dit qu'un rien risquait de te briser en mille morceaux. J'étais terrorisé à l'idée de te réduire en miettes par ma maladresse. C'est pour cela que j'étais incapable de te faire l'amour. Ensuite, quand tu as retrouvé des forces, j'avais perdu jusqu'au goût de le faire.

L'estomac noué, Keren prenait conscience que Yannis avait autant souffert qu'elle-même. Chacun s'était enfermé à double tour dans son propre enfer personnel.

Avec la plus extrême douceur, elle lui prit les mains pour les écarter de son visage.

— Est-ce pour cette raison que tu as fini par te tourner vers Marla ? murmura-t-elle.

De nouveau, Keren vit le beau visage se crisper douloureusement.

— Marla n'a jamais joué aucun rôle dans ma vie, dit-il. Ni elle ni qui que ce soit d'autre. Il faut que tu me croies.

— Pourtant, tu passais le plus clair de ton temps avec elle.

Rejetant la tête en arrière, Yannis soupira.

— Seulement pour le travail, expliqua-t-il. Dans les semaines qui ont suivi la mort de Sophia, c'était Andreas qui dirigeait le cabinet. Il avait fini par s'y épuiser et par avoir besoin de vacances. Marla m'a secondé, pendant l'absence de mon frère, afin que je puisse reprendre les choses en main tout en m'occupant de toi.

— D'accord, mais cela ne justifie pas que tu lui aies demandé de t'accompagner à cette soirée au palais. Tu prétends que c'était pour me rendre jalouse, mais comment as-tu pu penser que cela améliorerait les choses entre nous ?

— J'étais désespéré. Je ne savais plus à quel saint me vouer. Tout le monde trouvait que tu allais mieux, que tu sortais enfin de ta coquille. Malheureusement, ce n'était pas le cas avec moi. Cette lumière qui émanait de toi au début – et qui avait réchauffé mon univers dès l'instant où nous nous étions rencontrés – semblait éteinte à tout jamais. Je ne te comprenais plus, et j'en venais à te détester. C'est pour cela que je me suis mis en colère quand tu as annoncé ton intention de partir au Maroc. En fait, c'était plutôt par peur.

— Que redoutais-tu ?

Keren s'alarma de voir le visage de Yannis se déformer en réaction à cette question.

— Tu ne comprends pas ? lâcha-t-il d'une voix rauque.

Tu avais été à deux doigts de mourir, et je tremblais à l'idée qu'il t'arrive quoi que ce soit si tu étais loin de moi. Je ne supportais pas l'idée que tu puisses voyager sans que je sois là pour te protéger. Malheureusement, j'étais incapable de te l'expliquer. Alors, je suis devenu de plus en plus possessif. J'avais besoin de contrôler tes moindres gestes. Chaque fois que je quittais la villa, j'étais hanté par la peur de ne pas t'y retrouver.

Le souffle court, Yannis s'interrompit et se passa la main sur le visage. Reprenant sa respiration, il poursuivit :

— C'est à ce moment-là que je me suis comporté comme un goujat en te proposant de faire un autre enfant. *Theos !* Fallait-il que je sois mufle ! Nous n'avions pas fait l'amour depuis des mois. Il y avait entre nous un mur que je ne savais pas comment abattre. Même si mon désir pour toi était revenu. Bêtement, j'espérais qu'un bébé arrangerait les choses. Mais tu m'as regardé comme une saleté dans laquelle tu aurais marché. Alors, j'ai compris que…

— Que quoi ? murmura Keren, voyant que Yannis hésitait.

Sa pomme d'Adam monta et descendit à plusieurs reprises. Il fourragea nerveusement dans ses cheveux.

— J'ai compris que tu allais me quitter, répondit-il. C'était la seule raison pour laquelle j'étais allé m'informer sur les procédures de divorce sur Internet. Ce que je cherchais, c'était de quels moyens légaux je disposais pour t'empêcher de le faire.

Au bord du malaise, le cœur battant la chamade, Keren empoigna le verre de bourbon à moitié plein que Yannis avait posé sur le bar. Elle en ingurgita le contenu d'un seul trait. Fermant les yeux, elle suivit le trajet cuisant du liquide dans sa gorge, se réjouissant que la morsure de l'alcool estompe la souffrance qui la ravageait.

— Nous n'avons pas seulement perdu notre enfant, n'est-ce pas ? murmura-t-elle en effaçant les larmes qui coulaient sur ses joues. Nous nous sommes perdus l'un l'autre.

— Mais nous nous sommes retrouvés, *glyko mou* ! Nous pouvons tout recommencer, j'en suis sûr !

Mon Dieu ! se désola intérieurement Keren. Comme ces paroles faisaient mal !

— Non, Yannis, c'est trop tard, répliqua-t-elle. Les choses sont allées trop loin. Comment pourrais-je te pardonner l'attitude méprisable que tu as eue depuis mon départ ? Comment pourrais-je oublier que tu me détestes assez pour avoir cherché à me dépouiller de tous mes droits ? Tout ce que tu voulais, c'était que je revienne en rampant…

— Oui, c'est vrai ! Je t'ai détestée !

La colère avec laquelle Yannis l'interrompait laissa Keren bouche bée.

— Oui, reprit-il, j'ai détesté la façon dont tu baissais les bras sans rien tenter pour sauver notre couple. Comme maintenant ! Mais je n'ai jamais cessé de t'adorer, Keren. Même si tu m'as abandonné et rayé de ta vie. À croire que je n'avais jamais compté pour toi !

— Je ne t'ai pas abandonné ! Je t'ai quitté !

— Comme si ce n'était pas pareil ! rugit Yannis. Et, contrairement à ce que tu supposes, je n'ai jamais souhaité te dépouiller de quoi que ce soit. En te faisant tourner en bourrique avec les modalités du divorce, j'espérais te rendre suffisamment furieuse pour que tu viennes m'affronter face à face. Enfin, j'aurais pu te parler ! Te faire changer d'avis. Mais tu as continué à m'ignorer.

— Je me moquais bien de l'argent, rétorqua Keren. Tout ce que je voulais, c'était qu'on en finisse.

— C'est ça ! Tu cherchais à oublier jusqu'à mon existence, et ça me détruisait ! Moi, je ne pouvais pas renoncer à toi. C'est alors que j'ai découvert que tu avais repris ton blog.

Le choc fit ciller Keren. Yannis la défia du regard.

— Est-ce que le pseudonyme « Apprenti-vagabond », te dit quelque chose ?

Elle ouvrit des yeux ronds. C'était celui de son plus fidèle abonné. Quelqu'un qui commentait chacun de ses articles, et posait tout un tas de questions sur sa vie en mer.

— C'était toi ?

— Qui d'autre ? *Theos*, ce blog que j'avais fini par haïr était devenu ma bouée de sauvetage. C'était ma seule façon de savoir que tu étais en vie et en bonne santé. Et à travers tes réponses à mes questions, à travers tes vidéos et tes textes, j'ai commencé à retrouver la femme dont j'étais tombé amoureux. La vraie Keren reprenait vie. Le seul problème, c'était ta prudence à indiquer précisément où tu étais. J'ai eu beau m'interroger, enquêter, je n'ai jamais réussi à te trouver.

— Tu veux dire que tu as suivi ma piste ?

— Au cours de cette dernière année, j'ai passé plus de temps sur mon yacht qu'à mon bureau. Sans succès. Pourtant, j'avais tout prévu : ce que je te dirais quand je te retrouverais ; le scénario, pour te faire croire que c'était un hasard ; les arguments, pour te convaincre de regagner Agon…

Un petit rire amer échappa à Keren, sans qu'elle n'y prenne garde. Yannis et elle se défièrent du regard. Elle soupira, et il en fit de même.

Lorsqu'il reprit la parole, ce fut sans la moindre animosité. Plutôt avec une profonde tristesse.

— Je crois que je n'ai pas eu une seule nuit de repos depuis ton départ, dit-il, tant les cauchemars ont peuplé mon sommeil. Je te voyais affronter les pires difficultés en mer. Je cherchais par tous les moyens à te venir en aide, sans y parvenir. Alors, évidemment, je me suis mis à négliger mes affaires, à me détourner de mes devoirs. J'en voulais à la terre entière, et je cherchais querelle à tout le monde. C'est pour cela que, à part le cuisinier, tu n'as retrouvé aucun des membres du personnel de la villa. Ils sont partis les uns après les autres. Et, si Andreas n'avait pas arrondi les angles, tous nos collaborateurs auraient tourné les talons.

Le regard perdu dans le vague, Yannis s'absorba un instant dans ses réflexions, avant de reprendre :

— Le contrat Legarde…, ce n'était pas ma première bévue. Le travail ne m'intéressait carrément plus. C'est cela que mon père et Andreas me reprochaient. J'étais en train de saboter l'affaire familiale. Leur ultimatum était que soit je parvenais à me ressaisir, soit ils me viraient. Si ton nom a été mentionné, c'est uniquement parce que tous deux avaient conscience que ton absence était la seule raison de mes errements.

S'interrompant de nouveau, il dévisagea longuement Keren, puis lâcha un profond soupir.

— Par la même occasion, ils ne m'ont pas épargné certaines vérités bien senties, enchaîna-t-il. Ils ont fait un portrait sans concession de celui que j'étais devenu, et m'ont demandé si je pensais vraiment que tu pourrais revenir vers cet homme. À entendre Aristidis et Andreas, j'ai compris que j'étais en train de tout gâcher, aussi bien avec toi qu'avec le reste de ma famille. Ils avaient raison. Quand je revois la personne que j'étais, j'ai honte de moi.

— Pavlos m'a dit qu'ils te mettaient la pression pour que tu donnes un héritier au clan.

— Les seules fois où mes parents ont abordé la question, c'était lorsqu'ils évoquaient ton retour. Ils cherchaient à me réconforter, à me soutenir le moral en me laissant entendre que tout n'était pas perdu avec toi. Tu sais comment ils sont.

Keren ferma les yeux. Oui, elle les connaissait suffisamment pour être certaine que leurs maladresses n'étaient jamais motivées par la cruauté.

— Ce week-end était la seule chance qui me restait, ajouta Yannis.

L'entendre dire ça fit rouvrir les yeux à Keren.

— Je savais que tu viendrais pour l'anniversaire de Sophia, expliqua Yannis avec un pâle sourire. La promesse que je t'avais faite de ne pas te déranger chaque fois que tu lui rendrais visite a certainement été la plus difficile à tenir pour moi. J'étais averti de ta présence par mon personnel, mais je me forçais à te laisser tranquille. C'est seulement lorsque tu reprenais la mer que je montais à bord de *L'Amphitrite* pour te suivre à distance.

Son sourire s'élargit.

— Curieusement, tu t'es toujours débrouillée pour t'évaporer, dit-il. Un vrai caméléon, ton bateau !

Keren lui retourna son sourire.

— Comme je te l'ai dit, un petit voilier se faufile dans des endroits où un gros yacht comme le tien ne peut pas accéder.

— Ne compte pas sur moi pour échanger *L'Amphitrite* contre un mouchoir de poche ! railla Yannis.

La fugitive lueur amusée qui avait éclairé son regard s'éteignit, et Yannis déglutit à nouveau avant de fixer Keren.

— Je jouais ma dernière carte en te retenant ce week-end, dit-il. Si j'échouais, alors cela signifierait qu'il était temps que je renonce à toi. Je reconnais que je n'ai pas su te convaincre. Donc, je m'en tiendrai à ma résolution.

Keren vit Yannis pianoter sur son portable et ses traits se crisper.

— C'est fait, ajouta-t-il. Ton bateau t'attend.

Se versant une large rasade de bourbon, il l'avala d'un seul trait puis s'essuya la bouche d'un revers de main. Redressant les épaules, il sembla prendre son courage à deux mains.

— Tu peux y aller, lâcha-t-il. Attends juste que je désactive le système de verrouillage.

La gorge nouée, Keren l'observa tandis qu'il baissait à nouveau la tête sur son téléphone. Puis il la releva avec une expression qu'elle ne lui avait jamais vue et qui l'inquiéta.

— Voilà, tu es libre, conclut-il d'une voix posée. Je promets de ne pas te suivre. J'ai aussi fait transférer dix millions d'euros sur ton compte, comme avance sur ce que prévoient les dispositions du divorce. La suite te sera versée dès lundi…

La panique s'empara de Keren.

— Je ne veux pas de ton argent ! murmura-t-elle.

Yannis haussa les épaules.

— Tu peux en faire ce que tu veux, répliqua-t-il. Cet argent t'appartient. Si cela te chante, rien ne t'empêche d'en faire don à une œuvre de bienfaisance. À partir du moment où tu auras confié les papiers du divorce à ton avocat, il s'écoulera dix jours avant qu'ils ne soient ratifiés par le juge. Ensuite, nous serons libres.

— Libres ? répéta Keren à mi-voix. Alors, c'est bon ? Tu me laisses partir ?

Le sourire qu'afficha Yannis était si triste qu'elle en eut le cœur brisé.

— Que puis-je faire d'autre ? lâcha-t-il. J'ai bien cru, à certains moments, que j'allais gagner la partie. Que *nous* allions nous en sortir. Mais je vois bien qu'il me faut accepter la défaite. Tu as pris pour argent comptant ce que te disait Pavlos parce que tu es fermement décidée à me quitter…

— Ce n'est pas comme cela que les choses se sont passées.

— Si. Tu n'as jamais eu l'intention de me revenir. Je t'ai forcé la main. Tu as perdu toute confiance en moi, et je dois apprendre à vivre sans toi. Je t'aimerai toujours, *glyko mou.* Mais il est temps pour nous d'aller de l'avant et de laisser le passé derrière nous.

Interloquée de constater le tour que prenaient les événements, Keren suivit Yannis jusqu'à la porte d'entrée sans mot dire, puis sur le perron de la villa.

À l'horizon, les premiers rayons de soleil perçaient l'obscurité de la nuit. Une silhouette émergea de l'ombre, s'avançant vers eux.

— C'est Niki, expliqua Yannis. Il rapporte tes clés.

L'homme tendit le trousseau à Keren, avant de s'éclipser.

— Eh bien, reprit Yannis, c'est ici que nous nous disons adieu. Fais bon voyage, *glyko mou.*

— Merci, répondit Keren d'une voix éraillée. Prends soin de toi, aussi.

Tout s'était dénoué avec une telle rapidité qu'elle avait autant de mal à maîtriser sa voix que le fonctionnement de son cerveau.

Pendant un long moment, Yannis et Keren se fixèrent en silence. Puis il lui caressa une joue de son pouce.

— Adieu, *glyko mou*, souffla-t-il.

— Adieu, Yannis.

Après un bref salut de la tête, il fit volte-face et rentra dans la villa d'un pas décidé.

Sans un regard en arrière.

13.

Le moteur démarra au premier tour de clé, et Keren agrippa fermement la barre. Ses mains tremblaient.

Heureusement, songea-t-elle, que le vacarme des oiseaux, au-dessus de sa tête, noyait un peu celui que faisaient les battements de son cœur à ses oreilles.

La mer était étale et limpide. Elle décida de quitter les eaux territoriales d'Agon avant de choisir une destination.

La Crète, peut-être ? Ou bien la Sicile ? Le monde lui appartenait.

Il n'était guère étonnant qu'elle ait l'impression d'avoir été rouée de coups. La nuit avait été riche en émotions. De plus, elle n'avait pas fermé l'œil. C'était peut-être la raison pour laquelle elle avait la nausée.

En définitive, Keren résolut de faire route vers la Crète. Elle y serait vite. Une fois au port, elle chercherait un endroit où prendre un solide petit déjeuner. Peut-être cela l'aiderait-il à surmonter ces nausées persistantes ?

Une image lui traversa l'esprit : Yannis, seul sur *leur* terrasse, engloutissant une omelette arrosée de café versé d'un *briki*. Bravement, Keren repoussa cette pensée.

À l'horizon, un ferry se dirigeait également vers la Crète. Il devait être chargé de touristes. Des couples. Des familles.

Voilà, se dit-elle, ce qu'elle devait faire ! Gagner l'Angleterre pour passer un peu de temps auprès de ses parents et de sa sœur. Leur dire qu'elle les aimait.

C'était un grand réconfort de savoir qu'ils l'acceptaient

telle qu'elle était. Ils ne lui tenaient pas rigueur de ses longues absences. L'envoi régulier d'e-mails et quelques visites occasionnelles leur suffisaient. Depuis toujours ils s'étaient préparés à la voir quitter le nid. La seule chose qui comptait, à leurs yeux, était de la savoir heureuse. Quand bien même ils étaient passablement déconcertés par la manière dont elle trouvait le bonheur.

Les Filipidis, eux aussi, avaient fait de leur mieux pour l'accueillir au sein de leur famille, en dépit des réserves que leur inspiraient ses origines. Ils avaient appris à l'aimer, de la même manière qu'elle apprenait à les aimer. Malgré leurs différences.

Quant à Yannis…

Yannis n'avait jamais eu besoin de s'adapter à elle, car il l'avait comprise dès l'instant de leur rencontre. Même dans les pires moments, lorsque leur univers avait volé en éclats, il l'avait parfaitement comprise.

Un coup de poignard transperça Keren en plein cœur. La douleur la fit se plier en deux.

Que, diable, était-elle en train de faire ?

Voilà qu'elle tournait le dos à la seule personne auprès de qui elle se soit jamais sentie chez elle ! À l'homme qui l'aimait vraiment. Celui qui lui avait offert le vrai bonheur !

Yannis n'avait jamais dévié dans ses sentiments pour elle, alors qu'elle lui avait jeté son amour à la figure. Par couardise.

À la souffrance que lui avait causée la perte de leur enfant, s'était ajoutée celle d'imaginer qu'il n'éprouvait plus rien pour elle. Du coup, Keren s'était interdit toute émotion. Et elle avait été incapable de se rendre compte que son mari était aussi malheureux et terrifié qu'elle-même.

Pourtant, l'amour qu'elle éprouvait pour lui n'était jamais mort. Yannis l'avait réveillé, et Keren le sentait briller dans son cœur avec autant de force que le soleil au-dessus de sa tête.

Depuis l'instant où Yannis avait signé les papiers du divorce, rien n'aurait empêché qu'elle les apporte à son avocat, puis qu'elle aille demander asile à l'ambassade de Grande-Bretagne.

Si elle ne l'avait pas fait, c'était parce qu'elle n'en avait pas envie. Mais elle avait trop peur pour se l'avouer. Peur de s'exposer à davantage de souffrance.

Seigneur, qu'ai-je fait ?

Empoignant fermement la barre, Keren fit effectuer un demi-tour au voilier.

Lorsque les côtes d'Agon réapparurent au loin, les larmes commencèrent à couler de ses yeux, sans qu'elle puisse les retenir. Ni qu'elle parvienne à contrôler la douleur aiguë qui lui transperçait le cœur à chaque battement.

Au lieu de s'amarrer le long de la jetée, elle amena le bateau aussi près que possible de la plage. Puis elle se jeta à l'eau, et nagea avec l'énergie du désespoir. Ruisselante, elle courut dans le sable, jusqu'aux marches qu'elle gravit sans prendre la peine de souffler au sommet. À toute allure, elle se précipita vers l'oliveraie. Puis, elle s'agenouilla à côté du petit monticule de cailloux qu'elle avait construit, et dégagea fiévreusement le sachet en plastique qu'il dissimulait.

Ensuite, Keren repartit à toute vitesse jusqu'à la villa.

Où pouvait bien se trouver Yannis ?

À n'en pas douter, le service de sécurité avait dû l'informer de son intrusion dans le périmètre de la propriété. Alors, s'il ne venait pas à sa rencontre, cela ne pouvait signifier qu'une seule chose : il avait renoncé. Dans un long gémissement, Keren se laissa tomber à genoux.

C'était trop tard. Elle était revenue trop tard !

Trop tard pour sauver son couple.

Les plaintes de Keren se transformèrent en lamentations douloureuses venues du plus profond de son être, à l'idée qu'elle avait non seulement perdu son enfant, mais aussi la personne qu'elle aimait le plus au monde.

S'abandonnant au tsunami de désespoir qui la submergeait, elle enfouit le visage entre ses genoux, frappant le sol de ses poings serrés.

Keren hurla jusqu'à n'avoir plus de voix. Ensuite, elle sanglota éperdument, pleurant sur la perte de son enfant, de son mari, de tous ses rêves, d'un amour incroyablement fort.

Tout ce qui avait irrémédiablement disparu.

Elle n'était pas loin de s'évanouir de chagrin, lorsqu'elle sentit deux grandes mains la prendre aux épaules et la mettre debout.

Enfin, Keren se retrouva dans les bras de l'homme qu'elle aimait tant. Il la tint un long moment étroitement serrée contre son torse, au point qu'elle inonda son T-shirt de ses larmes.

Ce fut seulement lorsqu'elles commencèrent à se tarir qu'elle leva les yeux vers lui. Une nouvelle fois, l'amertume qu'elle lut dans son regard la crucifia.

Car c'était *elle* qui était la cause de tant de douleur.

— Oh ! Yannis, s'étrangla-t-elle, je croyais que tu étais parti. Que j'étais revenue trop tard.

— J'étais seulement allé courir, *glyko mou*, répondit Yannis. L'idée que je t'avais définitivement perdue était trop insupportable. Il fallait que je fasse… quelque chose. Dès que j'ai été prévenu de ton retour, je me suis précipité.

— Je te demande pardon pour t'avoir abandonné, Yannis. Parce que c'est ce que j'ai fait. J'étais persuadée que tu ne m'aimais plus, et ça m'était insupportable.

L'attirant contre lui, Yannis enfouit son visage dans les cheveux de Keren.

— Chut, souffla-t-il. Tout va bien, *glyko mou*.

— Laisse-moi t'expliquer. Tu te souviens quand tu m'as dit avoir le sentiment qu'une force incontrôlable nous avait percutés tous les deux et qu'elle m'entraînait loin de toi ? Eh bien, je ressentais exactement la même chose. Tu t'éloignais de moi, et je ne savais pas quoi faire.

Fermant les yeux, Keren lutta pour contenir ses larmes.

— Je suis désolée de ne pas avoir essayé de mieux te comprendre, reprit-elle. J'étais tellement enfermée dans mes peurs et ma douleur que je n'ai pas vu à quel point tu souffrais toi aussi.

Yannis la serra plus étroitement dans ses bras.

— Au fond, dit-il, c'est seulement maintenant que je me rends compte qu'il valait mieux que tu partes.

Luttant pour échapper à son étreinte, Keren leva vers lui un regard interrogatif.

— Comment cela ? lâcha-t-elle d'une voix étranglée.

— Si tu étais restée à Agon, tu ne serais pas parvenue à guérir, expliqua Yannis. Chaque nuit, tu pleurais dans ton sommeil.

— Ah bon ?

— Oui. Je te caressais les cheveux pour te calmer – c'étaient les seuls moments où j'osais te toucher. Le matin, je voyais bien que tu ne t'en souvenais pas, et je n'avais pas le courage de te parler. Si j'avais été moins stupide, si je ne m'étais pas montré bêtement possessif, tu te serais confiée à moi.

— Et, moi, j'aurais dû faire l'effort d'aller vers toi.

— Comment y serais-tu parvenue, Keren ? Tu souffrais de dépression.

— Mais, toi aussi, tu étais affreusement malheureux !

Prenant le visage de Keren entre ses mains, Yannis plongea un regard pénétrant dans le sien, comme s'il souhaitait que les paroles qu'il se préparait à prononcer s'impriment dans son âme.

— Pendant huit mois, tu avais porté notre bébé, fit-il. Je savais que ce que tu vivais était une souffrance autrement plus terrible que la mienne. Cela me fend le cœur d'avoir été incapable de t'offrir l'épaule sur laquelle tu avais besoin de t'appuyer. Aujourd'hui, je promets – sur la mémoire de notre enfant – de ne plus jamais te faire défaut, *glyko mou*. Je serai toujours là pour toi.

— Et moi pour toi, Yannis. Toujours.

— Si tu acceptes de rester, je fais le serment de t'aimer et de te chérir jusqu'à mon dernier souffle. S'il nous faut affronter de nouvelles tempêtes, alors ce sera ensemble.

L'émotion qui emplit Keren était merveilleusement douce, et elle sentait presque ce délicieux nectar sur ses lèvres.

— Tout au long de ces dix-huit mois loin de toi, dit-elle, il ne s'est pas écoulé un jour sans que j'aie le sentiment que tu étais présent à mes côtés. Tu es la prunelle de mes yeux. Mon univers entier. Je t'aime, Yannis.

Un maelström d'émotions passa sur le visage de Yannis, puis il se détendit, et son regard s'éclaira.

— Je t'aime aussi, *glyko mou*, souffla-t-il. Plus que tout au monde.

Le baiser de Yannis était plein d'une telle tendresse qu'il aurait suffi à effacer tous les doutes de Keren si elle en avait eu encore.

Ce n'était pas le cas. Enfin, tout rentrait dans l'ordre.

— Attends, souffla-t-elle lorsqu'il s'écarta.

Prenant dans sa poche le sachet plastique qui contenait l'acte de divorce, elle le tendit à Yannis.

— Tiens, dit-elle. Déchire-le. Ou bien brûle-le et jette les cendres dans la mer.

Éclatant d'un rire heureux, Yannis s'empara à nouveau de ses lèvres.

Nouant les bras autour de lui, Keren fut submergée par la certitude irrécusable que le coucou qu'elle était avait enfin trouvé son nid.

Épilogue

Le sourire du photographe était de plus en plus crispé. Ses injonctions répétées pour que tout le monde garde la pose en souriant devenaient cassantes. Keren s'efforça de ne pas glousser lorsque son regard rencontra celui de Yannis et qu'elle comprit que lui aussi avait remarqué.

— Phoebe, reviens ici ! lança-t-elle lorsque leur plus jeune fille s'échappa des bras de son grand-père pour poursuivre un papillon.

Lâchant la main de Yannis, Keren se précipita à ses trousses en riant, puis souleva du sol la fugitive de trois ans.

Elle ramenait vers Aristidis une Phoebe qui se tortillait désespérément, quand elle perçut la mimique que son autre fille, Ioanna, adressait à son oncle Andreas en signe de réprobation devant les pitreries de sa cadette. À six ans, la fillette était autant décontenancée par sa petite sœur que Diane, autrefois, par la sienne.

Keren continuait à s'étonner d'avoir donné naissance à deux enfants aussi différentes l'une de l'autre. Ioana passait sa vie le nez dans les livres et montrait déjà un goût prononcé pour les arts et l'histoire. Quant à Phoebe, son tempérament fantasque la faisait vivre dans les nuages. Keren leur portait à toutes les deux un amour tellement immense qu'il en était parfois douloureux.

Réalisant que l'humeur de son adorable petit clown était en train de virer à l'orage – ce qui risquait de déclencher une crise de nerfs chez le malheureux photographe –, Keren murmura :

— Que dirais-tu d'aller faire une partie de pêche toutes les deux, demain matin ?

Ladite partie de pêche se limitait à récupérer les minuscules crabes égarés sur les rochers de la crique pour les remettre à l'eau. Phoebe était fascinée par le monde aquatique. Après avoir vu un dessin animé sur une sirène, elle avait décrété en être une, elle aussi.

Cessant de gigoter, Phoebe prit le temps d'étudier la proposition, puis elle plaça sa petite main potelée en coupe autour de l'oreille de sa mère, et souffla :

— On emmènera *Yaya* Nina ?

Keren sourit, sachant que sa fille adorait terroriser sa grand-mère avec toutes les petites bêtes qu'elle s'évertuait à lui mettre sous le nez.

— Si tu veux, répondit-elle. Mais à la condition que tu sois sage.

Une fois que Keren eut rendu Phoebe à Aristidis, elle retourna se placer aux côtés de Yannis. Il lui sourit et noua ses doigts aux siens. Cette fois, tout le clan avait repris position sous le pêcher, et le photographe put terminer sa besogne.

Le dixième anniversaire de mariage de Keren et Yannis était immortalisé.

Au coucher du soleil, les clichés étaient déjà sur l'ordinateur portable de Yannis, et toute la famille se rassembla autour du projecteur qu'il avait fait installer.

Keren s'assit sur son genou gauche, tandis que Ioanna occupait le droit, se lovant contre sa mère et lui caressant le cou de ses boucles brunes. Comme à son habitude, Yannis les tenait étroitement enlacées. Phoebe, pour sa part, s'était endormie par terre, sous une table.

Au milieu des exclamations joyeuses et amusées, tous contemplèrent les meilleurs moments de la journée : Pavlos poussé dans la piscine par les fillettes ; Nina se bourrant de gâteau d'anniversaire, bien que se prétendant au régime ; les héros de la fête se volant baiser après baiser.

Mais ce fut le portrait de groupe sous le pêcher qui émut

Keren – et Yannis également, elle le savait – plus que tout autre. Car leur fille aînée, Sophia, y était présente. L'arbre qu'ils avaient planté à sa mémoire avait tellement poussé qu'il abritait dans son ombre la totalité de la lignée rassemblée.

Si le destin n'avait pas voulu que leur enfant chérie grandisse auprès d'eux, elle n'en était pas moins constamment présente dans leurs souvenirs et dans leur cœur.

Son arbre matérialisait son existence au sein de la famille, et cela leur apportait un grand réconfort.

Voyant les images défiler, Keren songea que, pour un coucou tombé dans un nid de fortune, elle avait bien de la chance. Elle était amoureuse comme au premier jour d'un mari qui la chérissait tendrement et ne tarissait pas d'éloges sur les multiples talents de son épouse. Il lui avait donné deux fillettes adorables et intelligentes. Quant à sa famille en Angleterre et à sa belle-famille sur l'île d'Agon, ils l'entouraient d'une affection sans limites.

Le cœur gonflé de bonheur, Keren prit la main de Yannis pour y déposer un baiser. Il répondit en l'embrassant sur les cheveux.

À cet instant toute l'assistance partit d'un grand éclat de rire. Car le dernier cliché montrait le clan Filipidis – Keren et Yannis, leurs filles, frère et beau-frère, parents, oncles et tantes, cousins et cousines – souriant dans la plus parfaite harmonie, hormis Phoebe qui tirait la langue et faisait des cornes au-dessus de la tête de son grand-père, lequel ne se rendait compte de rien. Derrière eux, Nina s'esclaffa.

— Elle n'a pas fini de nous créer des problèmes, celle-ci !

Affichant un grand sourire, Yannis gratifia Keren d'un clin d'œil amusé.

— Je sais, dit-il. C'est tout le portrait de sa mère.

Retrouvez prochainement,
dans votre collection

AZUR

Le tendre secret d'un roi, de Cathy Williams - N°4510
Sitôt qu'elle croise le regard d'Abe, Georgie se sent défaillir. Voilà quatre ans qu'elle ne l'a pas revu, après qu'il est sorti de sa vie sans un adieu. Si elle l'aimait follement naguère, elle éprouve à présent une vive colère à son encontre. Le jour où Abe l'a abandonnée, il a emporté avec lui le secret de son identité. Un secret dont la révélation est un choc pour Georgie : son ancien amant n'est autre que le prince Abbas Hussein du Qaram ! Et la fille qu'ils ont eue ensemble, son héritière…

Les héritiers des Kamaras, de Millie Adams - N°4511
Trahie par son fiancé, Morgan tente de fuir la propriété familiale de ce dernier quand elle se retrouve bien malgré elle dans la chambre de Constantine, l'aîné des Kamaras. Celui-ci, qui lui a toujours témoigné un profond mépris, se révèle alors le plus audacieux des séducteurs. Et Morgan succombe à la passion entre ses bras durant une nuit interdite… Persuadée qu'elle ne le reverra jamais, Morgan tombe des nues lorsqu'elle découvre que ce moment d'égarement n'a pas été sans conséquence : elle attend des jumeaux !

L'enfant du Ghana, de Maya Blake - N°4512
Du désir brut. Voilà ce qu'éprouve Atu Quayson lorsque Amelie Hayford débarque dans son bureau pour en découdre avec lui. La plus belle femme du Ghana a appris qu'il tente de mettre la main sur la station balnéaire dont elle est l'héritière – et elle ne compte pas le laisser faire ! En effet, tous deux sont rivaux en affaires et coutumiers des passes d'armes. Alors pourquoi Atu ne rêve-t-il que d'une chose : rappeler à son ennemie qu'ils ont autrefois partagé le plus brûlant des baisers ?

Inoubliable passion, de Heidi Rice - N°4513
Alors qu'il débarque au mariage de sa sœur, Ross De Courtney reçoit le choc de sa vie. Parmi les invités se trouvent l'inoubliable Carmel, qu'il a faite sienne durant un lointain bal, et un petit garçon qui ressemble trait pour trait à l'enfant qu'il a été. Loin de nier l'évidence, Carmel lui pose très vite un ultimatum : Ross devra endosser son rôle de père auprès de leur fils… ou disparaître à jamais de leur vie !

L'époux d'un scandale, de Jackie Ashenden - N°4514

Le scandale est une seconde nature chez Castor Xenakis. Habitué à défrayer la chronique, il ne s'étonne de rien – ou presque. Le soir où l'innocente Glory pénètre dans son manoir sans y avoir été invitée pour s'offrir à lui, il tombe des nues ! Si la belle l'attire assurément, il n'est pas question pour lui de profiter de la naïveté de cette jeune femme visiblement désespérée. Mais rien ne lui interdit de faire une contre-proposition à sa visiteuse : qu'elle joue auprès de lui le rôle d'épouse...

Les noces d'Elena, de Therese Beharrie - N°4515

Héritière d'une puissante famille, Elena s'apprête à épouser par devoir un homme qu'elle n'aime pas. Mais avant cela elle s'autorise un voyage en Italie pour interviewer le businessman de l'année. Seul problème ? Micah Williams se révèle bien différent du terrible magnat auquel elle s'attendait, au point qu'Elena finit par succomber à son charme. Et, quand Micah lui propose un mariage de convenance qui la rendrait libre, elle est soudain très tentée d'accepter...

Corps-à-corps envoûtant, de Cara Colter - N°4516

Voilà deux ans que Sophie n'avait pas mis les pieds sur l'île de Havenhurst, et c'est avec émotion qu'elle y retrouve sa meilleure amie, la princesse Maddie. Hélas, son séjour au palais implique qu'elle soit protégée par Lancaster, un garde du corps qu'elle ne connaît que trop bien. À deux reprises, elle s'est jetée à son cou... avant d'être éconduite. L'homme, aussi sexy qu'imperturbable, l'attire bien malgré elle. Se pourrait-il que leur tête-à-tête prolongé aboutisse cette fois enfin à la romance dont elle rêve en secret ?

Un trésor inestimable, de Pippa Roscoe - N°4517

SÉRIE : *PRÉCIEUX HÉRITAGE* - 3/3

Lorsque Summer Soames débarque à Athènes, c'est avec l'intention de résoudre le mystère des bijoux disparus de sa famille. Au lieu de quoi, la voilà qui tombe sous le charme du splendide Theron Thiakos... Grisée par la liaison qu'ils entament, Summer perd la raison en même temps qu'elle perd ses objectifs de vue. Le retour à la réalité est donc brutal, le jour où son amant la chasse brutalement de sa vie. Comment, cinq mois après l'avoir abandonnée, Theron ose-t-il se présenter à sa porte ? Aurait-il découvert son précieux secret ?

La conquête d'un play-boy, de Joss Wood - N°4518

SÉRIE : *SCANDALE EN AFRIQUE* - 2/3

Devenue la tutrice d'une adorable fillette âgée de trois ans, Bay est résolue à lui assurer un avenir confortable. Et pour cela elle doit d'abord trouver un emploi ! Son entretien avec Digby Tempest-Vane, qui recherche une décoratrice d'intérieur pour l'un de ses prestigieux hôtels du Cap, pourrait être sa chance ! Seulement, sa rencontre avec le milliardaire ne se passe pas exactement comme prévu. Subjuguée par le sulfureux play-boy, Bay est assaillie de pensées interdites, alors même qu'elle se doit de rester professionnelle…

Les vœux du désir, de Clare Connelly - N°4519

« C'est vous que je dois épouser », déclare Olivia à Luca Giovanardi. Jamais elle n'aurait cru pouvoir se montrer si audacieuse, mais le temps presse. Si elle veut toucher son héritage, elle est obligée de convoler avant ses vingt-cinq ans avec Luca. Certes, tous deux sont de parfaits étrangers l'un pour l'autre, mais ils auraient tout à y gagner. Olivia conserverait Hughenwood House, le domaine de sa famille, tandis que Luca verrait sa réputation de play-boy enfin restaurée. Reste à le convaincre de jouer avec elle cette comédie de façade, sans lui révéler la troublante passion qu'il éveille en elle…

La fierté de Nik Cozakis, de Lynne Graham - N°4520

Olympia est au pied du mur : sa mère est gravement malade et a besoin de soins médicaux onéreux qu'elle n'a pas les moyens de lui payer. Malheureusement, son unique solution est de solliciter l'aide de Nik Cozakis, le puissant et impitoyable homme d'affaires qu'elle aurait dû épouser dix ans plus tôt si un scandaleux malentendu n'avait entaché sa réputation. Nik, humilié et fou de rage, l'avait alors rejetée avec le plus grand mépris. Olympia tente donc le tout pour le tout en se tournant vers lui. Et, à sa grande surprise, Nik accepte de la soutenir, mais à une condition : qu'Olympia lui donne un héritier…